위대한 항해 6

2023년 9월 14일 초판 1쇄 인쇄
2023년 9월 19일 초판 1쇄 발행

지은이 이윤규
발행인 강준규

기획 이기헌 왕소현 임동관 박경무 강민구 조익현
책임편집 최전경
마케팅지원 이원선

발행처 (주)로크미디어
출판등록 2003년 3월 24일
주소 서울시 마포구 마포대로 45 일진빌딩 6층
Tel (02)3273-5135 Fax (02)3273-5134
홈페이지 rokmedia.com E-mail rokmedia@empas.com

© 이윤규, 2023

값 9,000원

ISBN 979-11-408-1035-2 (6권)
ISBN 979-11-408-1029-1 04810 (세트)

위대한 항해

이윤규 대체역사 소설

 개항

CONTENTS

1장

기함이 선착장을 빠져나갔다. 그 뒤로 이번 원정에 동행하게 된 함정이 천천히 움직였다.

제물포를 빠져나온 함대는 며칠을 항해해 유황도(硫黃島)에 도착했다. 유황도는 소립원제도의 가장 아래쪽에 자리하고 있으며 화산섬이다.

대진은 그 섬에 200명의 일본군 포로와 소대 병력을 하선시켰다. 이어서 다른 섬들도 차례로 들러 포로와 감시 병력을 함께 하선시켰다.

그렇게 제도를 돌며 개척 인원을 모두 하선시킨 대진은 웨이크섬에 들렀다. 섬에는 중대 규모의 해병대와 중국과 동남아 노동자들이 상주하고 있었다.

"충성! 어서 오십시오."

대진이 반갑게 답례했다.

"충성! 고생이 많다."

"아닙니다. 재미있게 생활하고 있습니다."

웨이크섬을 장악한 지 몇 년이 지났다. 그동안 섬은 면모를 일신하며 각종 건물이 들어서 있었다.

대진은 가져온 보급품을 하역시켰다. 그러고는 주둔군 사령관인 대위와 섬을 둘러봤다.

"이전보다 정리가 많이 되었구나."

"예, 본부 건물과 노동자들의 숙소가 완전히 정비되었습니다. 그리고 시간이 날 때마다 비행장이 들어설 곳을 정리하고 있는 중입니다."

"천천히 해. 여기까지 비행기가 날아오려면 20년은 지나야 해."

"저도 그건 알고 있지만 이곳에 있으면 너무 지겹습니다. 그래서 병사들이 노동자들과 함께 일을 찾아서 하고 있습니다."

"그렇겠구나. 보급은 문제가 없어?"

"통조림이 있어서 견딜 만합니다. 식수는 정수기를 통해서 걸러먹고 있고요."

"외국 배들은 온 적이 있나?"

"몇 년 동안 꾸준히 나타났다고 했는데 제가 주둔하는 동안에는 본 적이 없습니다."

"반년마다 교대를 하지?"

"그렇습니다."

"노동자들은 어때? 혹시 반항하는 자들이 나오거나 하지는 않아?"

"없습니다. 여기는 폭풍우가 불지 않으면 늘 같은 날이 이어집니다. 그래서 병사들도 그렇지만 노동자들도 시간을 보내기 위해서라도 일을 찾아서 하는 편입니다. 그래서 비행장 건설이 절로 진척되고 있는 형편입니다."

"그러면 주둔 병력을 줄여도 되겠구나."

"물론입니다. 제가 봤을 때는 중대는 많고 소대 병력은 적습니다. 그래서 중대장 1명이 50여 명 정도와 함께 주둔하는 것이 적절할 것 같습니다."

"노동자들은 몇 명이지?"

"200여 명입니다. 이 숫자도 이제는 대부분의 건물이 완공된 상태여서 절반 정도가 적당하고요."

"알았네. 내년부터는 병력과 노동자 숫자를 조절해 달라고 보고하겠어."

"감사합니다."

대진은 웨이크섬에서 하루를 머물렀다. 그러고는 다음 날다시 출발해서 며칠 만에 하와이 호놀룰루에 도착했다.

호놀룰루항구는 전면에 섬이 있어 방파제 역할을 하고 있었다. 이런 항구에는 10여 척의 미국 선적 포경선이 정박해 있었다. 기함의 함장이 그 모습을 바라보며 입을 열었다.

"포경선이 의외로 많습니다."

"아마도 북해도 함관을 이용하지 못해서 포경선이 이리로 것 같아."

"북태평양에서 여기까지 오려면 거리가 먼데요."

"그래도 어쩔 수 없는 일이지. 포경선이 보급받지 못하면 작업할 수가 없잖아."

"그렇기는 하지요. 일본은 본토 북부 방면에 개항지를 새로 만들지 않는다고 합니까? 미국으로선 일본 방면에 기항지가 없으면 포경업을 하는 데 상당히 곤란할 텐데요."

대진이 고개를 저었다.

"쉽지 않을 거야. 처음에는 일본이 멋모르고 개항장에 조계지를 선정해 주었잖아. 그런데 나중에 알고 보니 조계지는 거의 식민지나 다름없는 지역이었던 거고. 국제 관계를 알게 된 일본이 두 번 다시 그런 실수를 범할 리가 없지."

"그러면 조계지 없이 개항장을 만들면 되지 않겠습니까?"

"그건 또 미국으로선 아쉬운 일이지. 북해도에다 20년 넘게 조계지를 만들어서 자기들 편한 대로 생활했던 미국이야. 그런 미국이 일본의 제재를 받으려고 하겠어?"

함장이 고개를 끄덕였다.

"일종의 딜레마가 되었네요. 조계지 없는 개항장을 이용

하려니 아쉽고. 그렇다고 일본이 조계지는 다시 만들어 주지
는 않으려고 할 것이고요."

"그렇지. 그럴 바에야 함관을 이용하는 게 좋지. 그런데
우리는 아예 북해도를 개방하지 않겠다고 하니 미국 입장에
서는 난감하지."

"그렇다고 군사력을 동원할 수도 없는 형편이고요."

그 말에 대진이 웃었다.

"하하! 내 바람은 미국이 제발 군사력을 동원했으면 좋겠
어. 우리를 침략한 대가로 원정 온 미국 함대를 박살 내게 말
이야."

"공개적으로 미국을 압박하자는 말씀이군요."

"그렇지. 그래서 미국이 두 번 다시 삿된 생각을 품지 못
하도록 만들었으면 좋겠어."

"그래도 우리는 미국과 좋은 관계를 유지해야 하는 거 아
닙니까?"

"나중에는 그래야겠지. 그러나 태평양의 패권을 위해서는
당분간 긴장 관계를 유지할 필요가 있어."

대진이 손으로 호놀룰루를 가리켰다.

"그 첫 번째가 이곳이 되겠지."

대화를 나누는 동안 하와이왕국의 세관원이 병사들과 함
께 다가왔다. 의외였던 것은 왕국의 세관원은 백인이었다.

세관원이 갑판으로 올라왔다.

"나는 하와이왕국의 세관원 요셉 존스입니다. 어느 나라에서 온 배이지요?"

대진이 닻에 걸린 태극기를 가리켰다. 그러고는 능숙한 영어로 자신을 소개했다.

"나는 조선국에서 온 사신입니다. 하와이왕국의 국왕 전하를 알현하기 위해 왔지요."

사신이란 말에 요셉 존스가 놀랐다.

"조선에서 온 사신이라고요?"

"그렇습니다."

대진이 가져온 한글과 영문으로 된 서류를 내밀었다. 그것을 받아 든 요셉 존스가 확인하고는 놀라워했다.

"외국의 사신이 하와이왕국에 온 것은 처음입니다."

"그렇습니까? 하와이에는 우리나라 국민이 자리를 잡고 있는 것으로 아는데요."

"맞습니다. 몇 년 전 10여 명의 조선인들이 농장을 사서 정착했지요."

"그런 국민도 보호하고 하와이왕국과의 선린 우호도 도모하기 위해 찾아온 것입니다."

"알겠습니다. 외국 사신이라면 정식 절차를 밟아야 하니 잠시 배에서 기다리십시오."

"그렇게 하겠습니다."

그가 돌아가고 한참이 지나서였다. 몇 명의 관리로 보이는 사람들이 10여 명의 병력과 함께 돌아왔다.

이들은 바로 갑판으로 올라왔다. 그리고 관리 중 1명이 앞으로 나와 자신을 소개했다.

"처음 뵙겠습니다. 하와이왕국의 외무와 법을 담당하고 있는 샌퍼드 밸러드 돌(Sanford Ballard Dole)이라고 합니다."

그 순간, 대진의 머릿속이 번쩍했다.

'호오! 그렇지 않아도 만나고 싶었던 사람이 나왔구나. 장차 하와이왕국을 무너트리고 하와이 대통령과 초대 총독, 그리고 주지사가 될 인물이잖아.'

대진이 손을 내밀었다.

"인사드립니다. 조선 왕실 특별보좌관인 이대진이라고 합니다. 편하게 대진이라고 부르십시오."

"특별보좌관이셨군요. 저도 편하게 샌퍼드라고 부르시면 됩니다. 그런데 우리 하와이왕국과 선린 우호를 위해 방문하셨다고요?"

"그렇습니다. 혹시 우리 조선에 대해 아십니까?"

"물론입니다. 얼마 전 일본과의 전쟁에서 압승을 거뒀다는 말을 들었습니다."

샌퍼드 돌이 포경선을 가리켰다.

"그 바람에 북해도가 폐쇄되면서 저렇게 포경선이 이곳으로 몰려와 있지요."

"그 문제는 미안하게 되었습니다. 이미 알고 계시겠지만 북해도는 군사적으로 중요한 지역이어서 앞으로 군사기지화할 예정이거든요."

"그래도 아쉽기는 합니다. 기왕에 개방된 항구를 그대로 사용하게 해 주었으면 좋았을 것을요."

"거기에는 사정이 있습니다. 자세한 사정은 나중에 기회가 되면 따로 설명해 드리지요."

"그러시지요. 그런데 놀랍습니다. 동양인이 이렇게 영어를 잘하는 분은 두 번째로 봅니다."

"첫 번째는 누구입니까?"

"그분도 조선인입니다. 얼마 전 본국에 정착하기 위해 넘어온 영수 조라는 분입니다."

"아! 조영수 씨군요."

"그렇습니다."

"하하! 예, 그분도 저만큼 영어를 잘하지요. 그런데 어떻게, 정착은 했습니까?"

"그렇습니다. 영국인이 보유한 농장을 구입해서 사탕수수 농장을 하고 있습니다. 다른 분도 마찬가지고요."

"다행이군요."

"가시지요. 국왕께서 기다리고 계십니다."

"감사합니다."

하와이왕궁은 호놀룰루항구에서 얼마 떨어져 있지 않았다. 2층으로 지어진 왕궁은 석조건물이었으며 외양은 의외로 화려했다.

샌퍼드 돌이 소개했다.

"이 건물이 바로 하와이왕실이 사용하는 이올라니(Iolani)궁전입니다."

"상당히 화려하고 아름답네요."

"감사합니다. 들어가시지요."

대진은 안으로 들어가면서 놀랐다.

'대단하구나. 이 정도면 경복궁 별궁에 못지않게 잘 지어진 궁전이야.'

대진이 놀랄 만큼 궁전은 격조 높은 양식으로 지어졌다. 모든 바닥은 양탄자가 깔려 있었으며 창문은 전부 유리로 되어 있어서 실내는 넓고 환했다.

대진이 안내받아 들어간 접견실에는 국왕이 시종과 함께 기다리고 있었다. 샌퍼드 돌은 국왕에게 인사하고는 대진을 소개했다.

"조선 왕실 특별보좌관이십니다."

대진이 한발 나섰다.

"인사드리겠습니다. 조선국의 왕실특별보좌관 이대진입니다."

그러고는 모자를 벗고서 정중히 몸을 숙였다. 인사를 받은 국왕이 영어로 자신을 소개했다.

"어서 오시오. 7대째 하와이왕국을 이끌고 있는 데이비드 칼라카우아(David Kalākaua)라고 하오."

두 사람이 악수를 나눴다.

대진이 먼저 국왕의 친서를 전달했다.

"본국의 국왕께서 하와이국왕께 전하는 친서입니다."

하와이국왕이 친서를 펼쳤다. 친서는 한글과 영문으로 되어 있어서 국왕이 읽기에 부담이 없었다.

하와이국왕이 기뻐했다.

"동양 국가와 교류할 수 있어서 더없이 다행입니다. 모쪼록 수교 협상이 잘되어서 양국의 선린 우호가 오래도록 지속되었으면 합니다."

"본국의 국왕 전하께 전하의 바람을 꼭 전해 드리겠습니다."

이어서 가져온 선물을 바쳤다.

조선은 그동안 다양한 공산품을 만들어 내고 있었다. 그런 공산품을 선물로 받은 국왕은 입꼬리가 귀에 걸릴 정도로 좋아했다.

그러다 그중 약품을 보고 의아해했다.

"이 물건들은 어디에 쓰는 거지요?"

"두 가지 모두 약품입니다. 하나는 천연두 예방접종약입니다."

하와이국왕이 깜짝 놀랐다.

"오! 이 약품이 소문이 자자하던 그 신약인가 보군요."

"소문이 여기까지 났나 봅니다."

샌퍼드 돌이 대신 나섰다.

"물론입니다. 조선에서 만든 신약이 유럽에서 폭발적인

인기를 얻고 있다는 소문은 들어서 알고 있습니다. 그래서 미합중국에서도 신약 도입을 적극 검토하고 있다고 합니다."

"그러면 하와이에서도 도입을 고려했겠군요."

"그렇기는 합니다."

하와이국왕이 나섰다.

"천연두는 어느 나라든 천형으로 인식되고 있습니다. 그런 천연두를 한 번에 막을 수 있는 신약이 있다는 사실에 나도 큰 관심을 갖고 있던 중입니다."

샌퍼드 돌이 부언했다.

"전임 국왕께서도 천연두로 급사하셨습니다."

"아! 그렇다면 하와이도 도입이 시급하겠습니다."

"예, 할 수만 있다면 그렇게 해야지요."

대진이 상남했다.

"이번 수교 협상이 잘되면 바로 도입할 수 있는 길을 만들어 보겠습니다. 아울러 의사들의 교육도 우리가 전담해서 실시하고요."

하와이국왕이 진심으로 고마워했다.

"그렇게만 해 준다면 더없이 고마운 일이지요. 그리고 이 약품은 무엇입니까?"

"그 약품도 신약으로 해열진통소염제입니다. 이름은 아스피린으로……."

대진이 아스피린의 효능에 대해 설명했다. 하와이국왕은

아스피린을 이리저리 살피며 탄성을 터트렸다.

"이건 만병통치약이나 다름없지 않습니까?"

"그렇지는 않습니다. 약은 정량 복용을 해야지 오용이나 남용되어서는 절대 안 됩니다."

샌퍼드 돌이 큰 관심을 가졌다.

"아스피린도 대량으로 도입이 가능하겠군요."

"그렇습니다."

샌퍼드 돌이 확인했다.

"그런데 본국은 예산이 많지 않아 두 약품을 대량으로 구입할 자금이 없습니다. 혹시 약품 구입 대금을 현물로 대체해도 됩니까?"

"물론입니다. 그리고 천연두는 반드시 퇴치해야 하는 만국 공통의 적이나 다름없습니다. 그래서 천연두 약품은 원가에 경비만 포함되어 있어서 구입하는 데 큰 부담이 되지 않을 겁니다."

샌퍼드 돌이 놀랐다.

"독점 물건을 그렇게 싸게 공급한단 말입니까?"

"인류 공공의 적을 하루빨리 물리치자는 본국 국왕 전하의 용단이 있어서 가능한 일입니다."

"참으로 놀라운 말씀이군요. 다른 나라라면 폭리를 취해도 아무 소리도 못 했을 텐데 그런 결정을 하다니요."

"멀리 보고 함께 가자는 의미입니다."

"아! 그렇습니까?"

"예, 빨리 가려면 혼자 가고, 멀리 가려면 함께 가자는 말이 있지 않습니까? 우리 조선은 이런 기본 방침으로 대외 관계를 추진하고 있습니다."

하와이국왕의 눈이 빛났다.

"멀리 가려면 함께 가자. 그러면 국력이 약한 나라에도 그 말이 적용됩니까?"

대진이 당당히 대답했다.

"물론입니다. 우리 조선은 서양 제국과 달리 식민 지배는 염두에 두지 않고 있습니다. 그래서 어느 나라와도 선린 우호 관계를 유지할 수 있습니다."

하와이국왕이 감명을 받았다.

"대단한 말씀이군요. 지금 같은 시대에 조선과 같은 외교 정책을 펼치는 나라는 없을 것입니다."

샌퍼드 돌도 인정했다.

"맞는 말씀입니다. 강력한 군사력을 보유한 나라 중에서 조선처럼 외교 관계를 맺으려는 나라는 없습니다."

대진이 제안했다.

"어떻게, 본국과 수교하시겠습니까?"

하와이국왕은 흔쾌히 고개를 끄덕였다.

"좋습니다. 그렇게 합시다."

"현명한 결정을 하셨습니다."

대진의 말에 설득되어서인지 하와이국왕은 그 자리에서 수교를 결정했다. 그리고 하와이왕국의 외교와 법률을 맡고 있는 샌퍼드 돌도 별다른 이의를 제기하지 않았다.

덕분에 일사천리로 진행되었다.

대진이 준비한 서류를 제출했다.

서류는 호혜 평등에 입각한 외교 관계 수립에 관한 내용이었다. 하와이국왕과 샌퍼드 돌은 그 서류를 읽어 보고는 동시에 만족감을 표시했다.

샌퍼드 돌이 놀라워했다.

"말씀만 그런 줄 알았는데 실제로 이런 서류까지 만들어 오실 줄은 몰랐습니다."

"우리 조선은 하와이왕국이 오래도록 존속되기를 기원 드립니다. 그런 기원을 바탕으로 만든 외교문서이니 당연히 마음에 드실 것입니다."

"물론입니다. 저는 하와이에서 태어났지만 제 부모님들은 미국인입니다. 그래서 지금까지는 미국에 대해 상당히 우호적이었습니다. 그런데 이 외교문서를 보니 제가 지금까지 여러모로 잘못했다는 생각이 드는군요."

"좋게 봐주셔서 감사합니다."

"그러면 공관은 어디에 마련하실 겁니까?"

"왕궁 주변이면 좋겠습니다. 기왕이면 면적이 넓으면 더 좋고요."

샌퍼드 돌이 크게 고개를 끄덕였다.

"알겠습니다. 제가 좋은 곳을 마련해 드리겠습니다."

"감사합니다. 그런데 제가 알기로 귀국은 미국과의 조약 때문에 타국에 영토를 제공하지 못하게 되어 있지 않습니까?"

샌퍼드 돌이 크게 놀랐다.

"그 조약도 알고 있습니까?"

"수교를 체결할 나라의 사정을 파악하는 일은 기본 중의 기본입니다."

"아아! 특사께서는 사람을 몇 번이나 놀라게 하는군요. 맞습니다. 그런 조약을 체결한 사실은 있습니다만 이번 경우는 예외여서 괜찮습니다."

"그렇다면 다행입니다."

하와이국왕이 지시했다.

"기왕이면 특사의 바람대로 넓은 부지를 제공해 주도록 하세요."

"그렇게 하겠습니다."

대진이 분명히 했다.

"요청을 들어주어서 감사합니다. 그러나 부지 매입 대금은 정식으로 지급해 드리겠습니다."

하와이국왕이 웃으며 인정했다.

"하하하! 그런 부분도 정확하군요. 알겠습니다. 토지 문제는 특사가 원하는 대로 하십시오."

대진은 한동안 국왕과 대화했다.

하와이국왕과 샌퍼드 돌은 조일전쟁에 대해 궁금해했다. 대진은 두 사람에게 전쟁에 관해 설명하면서 강렬한 인상을 더 심어 주었다.

그렇게 대담을 마치고 궁을 나왔다. 샌퍼드 돌이 대진을 왕궁 뒤에 마련된 별관으로 안내했다.

"이곳은 각 섬이 부족장들이 건너오면 쉬는 장소입니다. 그래서 풍습에 맞지 않아 조금은 불편할 수 있겠지만 지내실 수는 있을 것입니다."

"감사합니다."

두 사람이 마주 앉았다.

샌퍼드 돌이 솔직히 밝혔다.

"이곳 하와이왕국은 태평양의 중간에 있는 작은 섬나라입니다. 이런 하와이에 수교하겠다고 찾아올 나라가 있을 줄은 몰랐습니다."

대진은 적당히 각색했다.

"하와이는 태평양의 거의 중앙에 있습니다. 그 바람에 아시아에서 아메리카대륙과 교류하려면 꼭 들러야 하는 위치에 있습니다. 더구나 섬이지만 땅이 넓고 따뜻해서 사탕수수 등을 재배하기도 좋은 곳으로 알고 있습니다."

"그런 지정학적 위치 때문에 하와이와 수교하려는 겁니까?"

대진이 어깨를 으쓱했다.

"그게 아니면 다른 이유가 또 있습니까?"

"혹시 식민지를 염두에 둔 것은 아니겠지요?"

대진이 딱 잘랐다.

"어떠한 경우에도 그럴 일은 없습니다. 그리고 하와이는 미국의 입김이 강한 지역으로 알고 있습니다. 그런 하와이에 흑심을 품는다는 건 미국과 맞서자는 말인데, 우리 조선은 그럴 생각이 조금도 없습니다. 그런데 왜 이런 질문을 하시는지요?"

"사실은 미국에서 하와이를 합병해야 한다는 말이 나돌고 있습니다. 그만큼 미국인에게 하와이는 먼 나라가 아니라는 의미지요."

"그러면 샌퍼드도 그런 합병 생각에 동조한단 말씀입니까?"

샌퍼드 돌이 고개를 저었다.

"그렇지 않습니다. 서는 하와이가 지금처럼 왕국으로 존속되기를 바랍니다. 그러나 미국과의 우호 관계는 계속 유지하기를 바라기도 하고요."

"그러면 별문제가 없겠네요. 다시 말씀드리지만 우리는 식민지에 대한 관심이 별로 없습니다. 더구나 미국과 관련이 깊은 하와이는 더 그렇고요."

"그렇다면 다행입니다."

샌퍼드 돌의 긍정적인 반응에 눈치를 보던 대진이 슬쩍 밑밥을 던졌다.

"그렇지만 본국의 대외 활동에 필요한 지역 정도는 구입을 했으면 합니다. 뭐, 당장은 미국과의 조약 때문에 어렵겠지만요."

의외로 샌퍼드 돌이 동조했다.

"조약이 끝나고 나서 필요하면 제가 도움을 드릴 수 있을 겁니다."

"하하! 이거 생각지도 않은 우군을 얻었네요. 지금도 그렇지만 앞으로도 잘 부탁드립니다."

"부탁은 제가 드려야지요."

두 사람이 서로를 보고 환하게 웃었다.

다음 날.

샌퍼드 돌은 일찍 대진을 찾아왔다. 그리고 대진과 함께 왕궁 주변의 땅을 둘러봤다. 그러다 왕궁에서는 조금 떨어져 있지만 부두와도 가까운 상당한 면적의 땅을 찾아낼 수 있었다.

"이곳이 적당하겠습니다."

샌퍼드 돌도 동의했다.

"이 땅은 왕실 소유여서 양도는 전혀 문제가 되지 않습니다."

"그러면 적당한 가격에 매입하겠습니다."

"그렇게 하시지요."

두 사람은 별관으로 돌아가서 서류를 작성했다. 이 작업이 끝나자 대진이 부탁했다.

"하와이에 진출해 있는 우리 주민을 만나고 싶은데, 연락해 주시겠습니까?"

"물론입니다. 제가 나가서 사람을 보내 데려오라 하겠습니다."

"부탁드립니다."

다음 날 오후.

10여 명이 별관을 찾았다.

대진은 그들과 일일이 악수를 나누었다. 그러고는 마군 출신 조영수와 먼저 대화를 나누었다.

"농장을 매입하셨다고요?"

"예, 저희가 왔을 때 마침 영국인들이 농장을 매각하려고 해서요. 그래서 적당한 값을 주고 매입하게 되었습니다."

같은 마군 출신 송하연이 부탁했다.

"지원을 좀 더 해 주시면 안 되겠습니까? 마침 영국인 농장주가 자신의 농장을 매각하려고 해서요."

대진이 흔쾌히 대답했다.

"당연히 해 드려야지요. 그리고 이번에 하와이와 수교했습니다."

두 사람이 반색했다.

"참으로 잘되었습니다. 여기 있으면 본국의 도움을 받을 일이 의외로 많이 생기거든요. 그러면 언제부터 업무를 시작합니까?"

"하와이가 작아서 영사가 파견되어 대리공사의 임무를 수행할 것입니다. 그리고 업무는 내년 초부터 시작할 것이니 필요한 일이 생기면 언제라도 찾아가세요."

대진이 영사관의 위치를 설명했다. 그러고는 당부했다.

"자금이 필요하면 언제라도 영사를 찾아가십시오. 그래서 매각 의사가 있는 농장은 이유를 불문하고 매입하시고요."

서영수가 놀라 반문했다.

"정말 모든 농장을 매입해도 됩니까?"

"그렇습니다. 그리고 인부들은 앞으로 일본에서 충원할 것이니 노동력 걱정은 하지 마세요."

서영수가 기꺼워했다.

"잘되었습니다. 그렇지 않아도 요즘 인력이 부족해서 곤란을 느끼고 있던 중입니다."

"그리고 지금 당장 매입할 농장이 있습니까? 제가 가져온 자금이 있어서, 매각하겠다며 나선 농장이 있다면 당장이라도 매입할 수 있습니다."

송하연이 크게 기뻐했다.

"자금만 있으면 지금 당장이라도 몇 곳의 농장은 매입이 가능합니다."

"그러면 바로 사람을 데리고 오시지요. 매입에 대한 법률 문제는 샌퍼드 돌에게 부탁하겠습니다."

"알겠습니다. 지금 바로 가서 사람을 데리고 오겠습니다."

"그렇게 하시지요."

대진은 며칠 동안 하와이에서 머물며 농장 구입을 도와주었다. 대진의 적극적인 행동으로 두 사람은 몇 개의 농장을 더 구입할 수 있었다.

이러는 동안 하와이왕국과의 정식 수교 협정도 체결했다. 수교조약에는 조선인들이 차별 없이 생활할 수 있는 조항도 규정되어 있었다.

대진은 하와이국왕에서 영사관 보호를 위해 10명의 분대 병력 주둔도 승인받았다. 그러고는 서영수를 영사대리로 지목해 영사 업무까지 맡겼다.

대진의 이러한 조치에 서영수와 조선인들은 크게 반겼다.

이들은 하와이에 와서 미국 출신들에게 이런저런 차별을 받고 있었다.

그런 차별은 협정 조항 구절만으로 완전히 바뀌지는 않는다. 그러나 이전처럼 아무런 도움도 받지 못했을 때와는 사정이 전혀 달라지게 되었다.

그렇게 시간을 보내던 어느 날.

하와이국왕이 따로 대진을 불렀다.

"찾으셨다고요."

"예, 특사를 꼭 만나 물어볼 것이 있어서요."

"말씀하십시오. 제가 도와드릴 문제가 있다면 언제라도 도움을 드릴 용의가 있습니다."

"감사합니다."

하와이국왕이 잠시 머뭇거렸다. 대진은 하와이국왕이 먼저 입을 열 때까지 기다려 주었다.

시간이 조금 더 흐른 뒤 하와이국왕이 입을 열었다.

"조선은 우리 하와이의 독립을 적극 지지한다고 했는데 그 생각은 불변합니까?"

"외교 관계에 불변은 없습니다. 하지만 하와이가 독립국으로 유지되어야 한다는 생각에는 변함이 없습니다."

하와이국왕이 다시 질문했다.

"만일 우리 하와이가 미국의 그늘에서 벗어난다고 해도 도와주실 용의가 있습니까?"

대진이 분명하게 밝혔다.

"우리는 하와이 내정에 간섭할 생각이 전혀 없습니다. 그리고 지금의 하와이의 입장에서 미국을 배제하고 독자 생존할 가능성이 있습니까? 외신이 알기로 하와이는 최혜국대우를 받아 미국에 무관세로 농산물을 수출하지 않습니까?"

하와이국왕의 안색이 흐려졌다.

"최혜국대우를 받는 것은 맞습니다. 그러나 그건 겉으로보기에만 그런 것뿐입니다."

"그게 무슨 말씀입니까?"

"하와이의 농장주들은 거의 미국이나 영국 출신들입니다. 그런 상황에서 최혜국대우는 별다른 의미가 없습니다. 아니,

오히려 그 바람에 미국의 물산이 쏟아져 들어오면서 경제 예속화가 가중되고 있는 상황이지요."

"그러면 미국과의 조약을 처음부터 맺지 말았어야지요."

하와이국왕이 고개를 저었다.

"쉽지 않은 일입니다. 우리 하와이는 정부 인사들의 대부분이 미국 출신들입니다. 당연하게도 그들은 미국에 우호적일 수밖에 없지요."

"그렇군요. 그렇다면 국왕께서 우리를 가까이한다는 것이 알려지면 큰일 아닙니까? 특히 외교와 법률을 담당하고 있는 샌퍼드 돌이 가장 문제일 것 같은데요."

하와이국왕이 고개를 저었다.

"그렇지 않습니다. 다른 사람은 모르지만 샌퍼드 돌만큼은 믿을 만합니다. 그리고 돌 담당이 특사를 만나라는 조언을 했어요."

대진은 순간 어리둥절했다.

'이게 뭐야. 샌퍼드 돌은 하와이왕국이 망하고 나서 하와이 대통령이 된 사람이다. 그리고 하와이가 미국령이 되었을 때는 총독에 이어 초대 주지사가 되었다. 그런 사람이 국왕에게 미국을 멀리하라는 조언을 했다니.'

고민하던 대진은 조심스럽게 확인했다.

"혹시 샌퍼드 돌 담당이 국왕께 다른 생각을 갖고 조언한 건 아닐까요?"

하와이국왕이 펄쩍 뛰었다.

"그렇지 않습니다. 샌퍼드 돌은 우리와 미국의 상호조약에 가장 많이 반대한 사람입니다."

새로운 사실이었다.

"그래요?"

"예, 우리 하와이가 미국의 영향력 아래에 들어가게 된 것은 5대 국왕이 급서한 이후입니다. 당시 우리 하와이는 미국보다는 영국과 가까운 나라였지요. 그런 우리의 정책에 위기를 느낀 미국이 그 이후 우리 내정에 급속히 간섭하기 시작한 거고요. 그런 와중에 선왕인 6대 국왕이 갑자기 돌아가시는 바람에 제가 의회의 선출에 의해 국왕이 된 것입니다."

대진이 깜짝 놀랐다.

"의회에서 국왕을 선출했다고요?"

"그렇습니다."

"그렇다면 의회의 권한이 막강하겠군요."

"다른 나라는 어떤지 모르지만 우리 하와이는 그렇습니다."

"으음!"

대진이 침음했다.

'이거 진주만을 얻는 일이 생각보다 어려울 수가 있겠구나. 만일 국왕을 설득했는데 의회가 반대하면 만사휴의잖아.'

"혹시 국왕의 결정을 의회가 뒤집을 수 있는 겁니까?"

"그렇지는 않습니다."

"후우! 그것은 다행이군요."

대진의 반응에 하와이국왕이 의아해했다.

"예? 무엇이 다행이란 말씀이지요?"

대진이 놀란 가슴을 가라앉히며 둘러댔다.

"우리가 하와이를 적극 도와주고 싶어도 의회가 반대하면 문제가 되지 않겠습니까? 그런데 국왕께서 결정하면 번복할 수 없다고 하니 다행이라는 말씀을 드린 것입니다."

"아! 그렇군요."

"양국과의 협조 문제는 샌퍼드 돌 외교 법률 담당과 잘 상의해서 추진해 보겠습니다."

"잘 부탁드립니다."

이야기가 일단락되자 대진은 그간 신경 쓰였던 문제를 지적했나.

"제가 며칠 살펴본 하와이는 군사력 부분이 너무 열악했습니다. 그 영향인지 왕궁조차도 무장병력이 경비를 서지 않더군요."

"맞습니다. 과거 왕국을 통일한 이후 군대는 거의 유명무실해져 있는 상황입니다."

대진은 고개를 저었다.

"그래서는 아니 됩니다. 아무리 평화로운 나라라 하더라도 국방력은 오히려 더 튼튼하게 해야 합니다. 그래야 다른 나라가 쉽게 침략할 생각을 못 합니다. 더구나 내부에서 발생할 수도 있는 반란도 쉽게 진압할 수 있고요."

"그 말에 백번 공감합니다. 하지만 우리는 군사 무기를 구입할 방법이 없습니다."

하와이국왕은 그렇게 말하며 침통한 표정을 지었다. 대진이 제안했다.

"우리가 도와드리겠습니다. 원하신다면 대대 병력을 무장할 수 있는 군사 무기도 원조해 드리겠습니다. 아울러 군사 고문단도 파견해 드리고요."

하와이국왕은 크게 놀랐다.

"그렇게 해 주실 수 있겠습니까?"

"물론입니다. 이런 문제도 의회의 재가를 얻어야 하는 겁니까?"

"군사 부문은 당연히 그렇게 해야 합니다. 하지만 원조해 주겠다는 귀국의 제안을 반대할 의원은 아무도 없을 것입니다."

"그렇겠지요. 나라의 군사력을 증강시킬 기회를 반대할 사람은 없겠지요. 있다면 그는 다른 나라의 첩자나 마찬가지일 것이고요."

"그렇겠지요. 바로 샌퍼드 돌 담당을 불러서 그 문제를 논의하겠습니다."

그 말에 대진은 문득 의문이 들었다.

"샌퍼드 돌은 외무와 법률 담당인데 군사 문제에도 관여합니까?"

"제가 믿고 의지할 수 있는 사람입니다. 그래서 큰일은 그와 논의해 왔습니다."

그렇게 말하는 하와이국왕의 두 눈은 흔들림 없는 신뢰로 가득했다. 대진은 고개를 끄덕였다.

"그렇군요. 그러면 돌과 상의해 현명한 결정을 내려 주십시오."

다음 날.

하와이의회에서 대진의 제안이 논의되었다. 약간의 갑론을박이 있었으나 결과는 만장일치였다.

이날 저녁.

대진은 샌퍼드 돌과 마주 앉았다.

대진이 먼저 입을 열었다.

"국왕께서 우리 조선과 우호 협력을 증진시키고 싶다는 말씀을 하셨는데 알고 계십니까?"

"물론입니다. 그 문제는 제가 국왕께 간청을 드린 사안입니다."

"그렇군요. 그런데 미국 출신인 분이 미국을 멀리하라는 조언을 하셨다는 게 의외입니다."

샌퍼드 돌이 고개를 저었다.

"미국 출신은 제가 아니라 부모님들이지요. 저는 이곳 하와이에서 태어난 하와이 사람입니다. 그리고 왕국의 외교와 법률을 담당하고 있는 제가 하와이를 위해 국왕께 조언을 드리는 것은 너무도 당연한 일이지요."

"그렇군요. 실례했습니다."

"아닙니다. 그리고 이번에 본국에 군사 지원을 결정해 주셔서 참으로 감사합니다."

"도와드릴 수 있어서 오히려 제가 고맙지요."

"별말씀을 다 하십니다. 혹시 제가 도와드릴 부분이 있을까요?"

"앞으로 본국의 이주민들이 많이 넘어올 것입니다. 그런 이주민들은 대부분 투자이민을 할 것입니다. 그러니 도움을 주시려면 그 사람들이 농장주가 될 수 있도록 지원해 주십시오."

샌퍼드 돌은 바로 승낙했다.

"그런 부분은 조금도 걱정하지 마십시오. 제가 할 수 있는 법률 서비스를 최선을 다해 제공해 드리지요. 그리고 토지를 매각할 의사가 있는 농장주들도 많이 찾아 놓겠습니다."

"토지를 매각할 의향이 있는 지주가 많습니까?"

"영국 출신 농장주 중에 토지를 팔고 고향으로 돌아가려는 사람들이 꽤 많습니다."

"그렇다면 잘 부탁드립니다."

"그렇게 하지요."

두 사람은 이후 머리를 맞대고 다양한 논의를 했다. 그런 논의 중에는 하와이의 진정한 독립에 관한 내용이 많았다.

며칠 후.

대진이 귀환길에 올랐다.

하와이국왕은 대진의 귀환에 맞춰 각종 특산품을 선물했다. 그러고는 올 때와 달리 항구까지 나와서 열렬히 환송했다.

하와이를 출발한 2척의 선단은 태평양을 가로질렀다. 오랜 항해 끝에 도착한 곳은 오키나와의 나패(那覇)였다.

나패는 작은 항구다. 그런 항구에는 조선 수군 소속 함정이 몇 척 정박해 있었다.

대진이 도착하자 해병여단 소속 대위가 갑판으로 올라왔다. 대위는 대진을 보자마자 바로 거수경례를 했다.

"충성! 어서 오십시오."

"충성! 고생이 많다."

"본국에서 오시는 길입니까?"

"아니, 하와이에 들렀다 오는 길이야."

"아! 그렇습니까?"

"여단장님은?"

"류큐왕국의 별궁인 식명원(識名園)에 머무르고 계십니다. 안내해 드릴까요?"

"그렇게 해 주게."

대위가 말을 가져오게 했다.

"걷기는 조금 거리가 있어서 말을 타고 가시는 것이 좋습니다."

"고맙네."

대진은 처음 말을 타지 못했다.

그러다 말을 탈 수 있는 기회가 수시로 생기면서 이제는 제법 능숙해졌다. 이는 해병대 장교도 마찬가지여서 장교는 누구나 말을 탈 수 있게 되었다.

별궁까지 잠시 말을 타고 이동했다.

식명원은 연못을 중심으로 조성된 별원이다. 류큐왕국의 역사와 함께한 별궁이어서 입구부터 다양하고 오래된 나무들이 즐비했다.

그런 길을 잠시 걸으니 연못이 나왔다. 연못의 중심에 붉은 기와가 인상적인 목조건축물이 보였다.

대위가 설명했다.

"붉은 기와는 류큐왕국에서 왕족이나 고위 귀족만 얹을 수 있다고 합니다. 그래서인지 왕궁인 수리성의 건물 기와도 전부 붉은색입니다."

"기와가 신분의 상징이라는 말이구나."

"그렇습니다."

대진이 건물로 다가서자 안에서 몇 사람이 나왔다. 모두들 낯익은 사람들로, 그중 강용일 여단장이 반갑게 맞았다.

"이 특보, 어서 오게."

"충성! 잘 지내셨습니까?"

"나야 늘 여전하지."

대진이 여단참모, 대대장들과도 반갑게 인사를 나눴다. 인사를 마친 대진은 연못을 둘러보았다.

"그런데 연못이 묘하게 중국색이 강합니다. 저기 있는 이중기와의 육각형 정자도 그렇고 아치형 다리도 그렇고요."

"중국과의 교류의 흔적이겠지. 들어가자."

전각으로 들어가니 바닥이 다다미였다.

"여기는 일본과의 교류 흔적이 남아 있네요."

강용일이 동조했다.

"오랫동안 일본에 식민지지배를 받아 왔잖아."

모든 사람이 자리에 앉았다.

"류큐국왕은 만나 보셨습니까?"

강용일이 고개를 저었다.

"못 만났어. 우리가 와서 보니 류큐국왕은 도쿄로 불려 간 지가 몇 년이 되었다고 하더라고."

"본토는 폐번치현(廃藩置県)이 되었지만 류큐는 아직 번국으로 남아 있었던 거 아닙니까?"

"그건 맞는데 국왕과 그의 가족들은 전부 도쿄로 불려 가 있었다고 해."

대진이 추정했다.

"지금까지 소식이 없는 것을 보면 폭격이나 포격에 사망했을 가능성이 높겠습니다."

강용일도 동의했다.

"아마도 그럴 가능성이 높은 것 같아."

"그러면 앞으로 어떻게 되는 겁니까? 본래는 여단장님께서 총독이 되고 한동안 류큐번국을 유지하기로 되어 있었지 않습니까?"

"국왕이 유고가 되었으니 왕족 중 1명을 내세울까 하고 생각하는 중이야."

대진이 제안했다.

"차라리 이번 기회에 아예 본국의 직할 영토로 만드는 것이 좋지 않겠습니까?"

"바로 유구도로 만들자는 거야?"

"예, 우리가 들어온 것에 대해 어느 정도의 반발은 감수해야 합니다. 그럴 바에야 국왕이 유고된 지금 바로 결행하는 게 좋지 않겠습니까?"

여단참모장도 동조했다.

"저도 이 특보의 제안에 동의합니다. 일본이 우리에게 압도적으로 패배했다는 사실을 류큐의 모든 사람들이 알고 있습니다. 그래서 우리가 바로 합병한다고 해도 반발이 크지는 않을 것입니다."

2장

참모 1명이 제안했다.

"류큐는 그동안 일본에 갖은 핍박을 받아 왔습니다. 더구나 철저하게 수탈해 가는 바람에 식량 사정도 좋지 않고요. 저는 이런 사정을 적절히 이용했으면 좋겠습니다."

강용일이 확인했다.

"식량을 풀어 주자는 말이야?"

"그렇습니다. 대한무역에게 부탁해서 쌀을 도입해서 무상으로 나눠 주는 겁니다. 우리가 그런 아량을 베푼다면 분명 류큐 주민의 민심을 크게 얻을 수 있을 것입니다."

대진도 찬성했다.

"좋은 생각입니다. 이곳 주민이 얼마인지는 모르지만 몇

만 석의 쌀을 구입해서 무상 배급을 실시하는 겁니다. 아울러 본국의 지원을 받아 천연두 예방접종도 실시하고요. 우리가 그렇게 선의를 베푼다면 날이 서 있던 민심도 많이 바뀌게 될 것입니다."

강용일이 우려했다.

"민심을 얻기 위해서라면 그렇게 해야겠지. 하지만 역시 갑작스러운 병합은 아무래도 류큐 주민들의 반발을 크게 불러일으킬 것 같아."

그러자 대진이 다른 제안을 했다.

"그러면 일부 자치를 허용하는 건 어떻습니까?"

강용일이 놀랐다.

"자치를 허용하자고? 어떻게 말이야?"

대진은 잠깐 생각하더니 입을 열었다.

"음! 편입은 그대로 진행합니다. 그 대신 류큐 출신 유력자를 중간관리자로 만들어서 주민을 통제하게 하는 겁니다. 그러면서 어느 정도의 자치권을 부여하고요. 그리고 세금 징수도 몇 년은 유예해 주고요."

강용일이 크게 고개를 끄덕였다.

"세금 유예는 좋은 생각이다."

"예, 그러면서 주민동화정책의 일환으로 우리말 교육을 철저하게 실시하는 겁니다. 아울러 유능한 자들은 본토로 유학도 보내 주고요."

"당분간은 투자만 하자?"

"그렇습니다. 이곳에서 세금을 거둬 봐야 얼마나 되겠습니까? 그보다는 군사시설을 건설해서 활용하는 것이 국익에 훨씬 도움이 되지 않겠습니까?"

"그 말은 맞아."

참모장도 거들었다.

"통제가 가능한 자치라면 허용해 주어도 문제가 되지는 않을 겁니다."

"나중에 그게 문제가 되어서 독립하겠다고 나서지는 않을까?"

대진이 나섰다.

"그래서 왕족 출신이 아닌 사람을 중간관리자로 앉히자는 것입니다. 그리고 그런 일이 벌어지지 않도록 미리 대비해야 하고요. 그럼에도 그런 일이 발생한다면 강력하게 대처하면 되고요."

잠시 고심하던 강용일은 동의했다.

"좋아! 그렇게 추진해 보자. 그러면 관리자로 누구를 앉히면 좋을까?"

참모장이 건의했다.

"류큐번국의 대신 중 1명이 좋을 듯합니다."

"알겠다. 그러면 우리와 가까운 총무관과 외무관을 만나 보도록 하자."

관리자를 정한 강용일이 대진을 바라봤다.

"이번 만남을 이 특보가 주도하는 건 어때?"

"제가 말입니까?"

"그래, 우리 중에 이런 협상은 이 특보가 전문이고 이 특보가 제안한 일이잖아. 더구나 사심 없이 사람을 볼 수 있다는 장점도 있잖아."

대진이 즉석에서 동의했다.

"알겠습니다. 그렇게 하겠습니다."

강용일은 참모장에게 지시해 다음 날 오전 두 사람을 부르라고 했다. 그리고 이날 저녁 대진과 함께 술자리를 가졌다.

대진이 먼저 술을 따랐다.

"여기 와 보시니 어떻습니까? 주민들의 성향은 어떻고요."

"류큐왕국은 오랫동안 가고시마 시마즈 가문의 지배를 받아 왔잖아. 그동안 악질적인 수탈과 압제를 받아 와서 그런지 대체로 온순한 편이야."

"얼마나 수탈이 심했기에 악질적이란 말을 하시는 겁니까?"

"잔인하게 했더군. 일본은 이곳에서 수확하는 모든 물산을 먼저 거둬들였어. 그리고 나서 배급을 주듯 양식을 나눠 주었다고 해. 이곳의 주식은 쌀이 아니고 고구마인데, 그조차도 마음대로 먹지 못하게 통제해 왔어."

"주변에 널린 게 바다인데 먹고사는 건 걱정이 없는 거 아닙니까?"

"생선만 매일 먹고 살 수는 없잖아. 더구나 시마즈 가문은 자신들의 지배가 소문날 것을 우려해 무역조차 금지해 왔어. 그래서 늘 곤궁하게 살 수밖에 없었지."

"아마미오섬도 착취가 극에 달했던데 여기도 별반 다르지 않았군요."

강용일이 술을 단숨에 비웠다.

"그렇지. 그런데 아마미오 제도가 큰일이야."

대진이 눈을 크게 떴다.

"무슨 문제가 있습니까?"

"규슈공화국에서 돌려주지 않으려고 해."

"아니, 그 제도는 규슈와 협상했을 때 넘겨받기로 했던 건데요."

"그랬지. 그런데 자신들 사정이 좋지 않다면서 반환을 극력 반대하고 있어. 그래서 우리 병력이 섬을 들어가지 못하고 있는 상황이야."

대진이 어이없어했다.

"하! 이거 화장실 들어가기 전과 후가 다르다고 하더니. 바로 그 짝이 났네요."

"그러게 말이야. 대마도는 아무 문제도 없다고 하는데 여기는 달라."

"이거 아무래도 문제가 꽤 오래 지속될 것 같네요."

대진이 술잔을 쥔 채 심각하게 중얼거렸다. 강용일이 고개를 저었다.

"쉽지 않을 것 같아. 그렇다고 무력으로 점령하는 것도 문제가 있어서 쉽게 결행하기도 어려워."

대진이 그의 잔에 술을 따랐다.

"어차피 오래 존속하기 어려운 나라입니다. 끝까지 아마미오를 돌려주지 않는다면 개국을 선포했을 때 공인해 주지 않으면 됩니다."

"그러면 도와준 것이 허사가 되잖아."

"이미 효과는 충분히 보고도 남았습니다."

강용일이 격하게 동조했다.

"하긴, 일본을 제압하는 데 규슈공화국이 보이지 않는 힘이 된 것은 맞지."

"맞습니다. 규슈에 우리 병력을 투입하지 않은 것만 해도 도움을 받은 것이나 다름없습니다. 일본도 그래서 쉽게 항복했던 것이고요."

"그건 그래."

대진이 주제를 돌렸다.

"내일 만나게 될 두 사람의 성향은 어떻습니까?"

강용일이 설명했다.

"한 사람은 왕실과 같은 상(尙) 씨 성의 상대모(尙大模)이고 다른 사람은 마량재(馬良才)로 각각 총무관과 외무관을 맡고 있지. 두 사람 다 온후하고 모가 나지 않은 성격이어서 우리 일을 많이 도와주고 있어."

"일본이 물러간 것에 대해서는 별말이 없던가요?"

"처음 우리가 왔을 때는 많이 당황해했지. 그런데 일본인들이 철수하고 나니 바로 고개를 숙이더라고."

"기회주의자들입니까?"

"뭐! 그럴 수도 있겠지. 일본에 머리를 숙이고 있다가 그대로 우리에게 몸을 낮췄으니 말이야. 어쨌든 지금까지는 아주 협조적인 인물들이야."

"그렇군요."

이야기를 하던 강용일은 일 이야기는 이만하면 되었다고 생각했는지, 화제를 전환했다.

"그건 그렇고 이제 이 특보도 결혼할 때가 되지 않았어? 우리 마군도 이제 대부분 결혼해서 안정을 찾고 있잖아."

대진이 머리를 긁적였다.

"저도 하기는 해야 하는데, 그럴 기회가 아직은 없네요. 좋은 사람이 있는지도 모르겠고요."

"결혼할 생각은 있다는 거네?"

"그렇기는 합니다."

"그러면 이번에 들어가서 잘해 봐. 당분간 밖으로 나올 일은 별로 없잖아?"

"네, 그렇지요."

"왕비께서 이 특보를 좋게 보고 계시니 아마도 좋은 혼처가 나올 거야."

대진이 어색한 표정을 지었다.

"연애도 하지 않고 선만 보고 결혼한다는 게 왠지 어색하고 쑥스럽습니다."

강용일이 고개를 끄덕였다.

"나도 그렇지만 결혼한 사람들 모두 그런 생각이었어. 사람을 알아보지도 않고 어떻게 결혼할 수 있을지 회의감도 들었고 말이야. 그런데 막상 결혼하고 살아 보니 그런 우려는 기우에 지나지 않아."

"사모님께서 잘해 주시나 봅니다."

"잘해 준다는 말로는 부족해. 처가에서 워낙 교육을 철저히 받아서인지 헌신적이야. 매사에 순종적이고. 더구나 우리 마군에 대한 경외감이 있어서인지 너무 잘해 줘."

이 말을 하는 강용일의 얼굴에는 흐뭇한 미소가 지어져 있었다. 그런 강용일의 표정을 본 대진은 문득 부럽다는 생각이 들었다.

'이거 나도 결혼할 때가 되기는 했나 보구나. 지금까지는 이런 생각을 한 적이 한 번도 없었는데.'

공연히 마음이 심란해졌다. 대진은 앞에 놓인 술잔을 그대로 비우고는 다시 술을 따라 마셨다.

다음 날, 식명원으로 사람이 찾아왔다. 이들은 류큐왕국의 관리들로 빨간 모자와 은비녀를 꽂고 있었다.

강용일이 소개했다.

"인사들 나누세요. 본국 왕실의 특별보좌관을 맡고 있는 사람입니다."

나이 많은 사람이 먼저 나섰다.

"인사드리겠습니다. 류큐번국의 총무관 상대모(尙大模)이니다."

"처음 뵙겠습니다. 류큐번국의 외무관 마량재(馬良才)입니다."

"어서 오십시오. 왕실특별보좌관 이대진입니다."

강용일이 권했다.

"자리에 앉으시지요."

"감사합니다."

두 사람이 조심스럽게 좌정했다. 그것을 본 대진이 본론으로 들어가며 넘겨짚었다.

"두 분은 내년에 일본이 류큐번국을 없애고 오키나와현을 설립한다는 사실은 알고 있었습니까?"

두 사람이 안색이 동시에 흐려졌다. 잠깐 정적이 흐르다 총무관 상대모가 입을 열었다.

"예, 그런 사실은 통보를 받았습니다. 그래서 국왕 전하와 그 가족 분들이 전부 도쿄로 불려 가셨던 것이고요."

마량재가 나섰다.

"그런데 특보님께서는 그런 사실을 어떻게 아신 것입니까?"

"상식적으로 생각했습니다. 수백 년을 유지해 온 류큐왕국입니다. 그런 나라를 갑작스럽게 문 닫게 할 수는 없는 일이니까요."

"후! 맞습니다. 8년 전 번국으로 바뀌면서 이미 예견되었던 일입니다. 일본도 몇 년 전부터 그에 대한 준비를 꾸준히 해 오고 있었고요."

"그렇군요."

상대모가 나섰다.

"그런데 왜 그런 말씀을 하시는지요? 혹시 조선도 번국을 폐지하고 현으로 만들려는 것입니까?"

"우리 조선에도 현(縣)은 있습니다. 하지만 류큐 정도의 규모는 현보다는 부(府)가 어울리겠지요."

"허면 부가 되는 겁니까?"

대진이 고개를 저었다.

"류큐를 지역의 면적만으로 행정구역을 설정하기에는 문제가 있습니다. 그래서 역사적 특성을 고려해 도(道)로 만들려고 합니다."

"아! 도가 되는 겁니까?"

"그렇습니다. 일본은 이 지역을 오키나와현으로 삼으려고 했습니다. 류큐라는 이름 자체를 없애 버리고요. 반면에 우리는 역사적 전통을 고려해 유구도(琉球道)로 정하려고 합니다."

"아! 유구도요?"

"그렇습니다."

상대모가 질문했다.

"도지사로는 어느 분이 오시는 겁니까?"

"류큐는 당분간 군정을 실시할 예정입니다. 그래서 도지사는 여기 계신 여단장님께서 겸직하실 것이고요."

두 사람은 '그러면 그렇지.' 하는 표정을 지었다. 그런 두 사람을 바라보며 대진이 말을 이었다.

"류큐는 본국과는 역사·문화적으로 많은 부분이 다릅니다. 그래서 일정 기간 어느 정도의 자치권을 부여할 예정입니다."

그 말에 두 사람의 눈이 동시에 빛났다.

마량재가 나섰다.

"자치권은 어디까지 허용하실 것입니까?"

"하급관리의 임명과 지방정부의 운영, 그리고 지방세의 징수권 정도가 되겠지요. 아! 그리고 지금부터 5년간은 본국에서 세금을 징수하지 않을 것입니다."

두 사람이 깜짝 놀랐다.

"그게 정말입니까?"

"그렇습니다. 그뿐만 아니라 남방에서 쌀을 들여와 무상으로 배포할 계획도 갖고 있습니다."

이번에는 두 사람이 어리둥절해했다.

마량재가 대번에 의구심을 가졌다.

"세금 면제도 놀라운 일인데 식량까지 나눠 주시겠다니요. 혹시 다른 목적이 있어서 그런 혜택을 베푸는 것은 아닙니까?"

"다른 목적이라니요?"

"저희들을 강제로 끌고 가려는 것은 아닌지요? 아니면 부녀자들에게 나쁜 일을 시키려는 것인지요?"

그 말에 대진은 고개를 저었다. 그러고는 분명하게 밝혔다.

"모두가 아닙니다. 여러분은 우리가 일본으로부터 류큐를 할양받은 그 순간부터 조선 국민입니다. 세상의 어떤 나라도 자국민을 그런 식으로 악용하는 경우는 없습니다."

마량재가 안도했다.

"그렇다면 다행입니다."

"그 대신 두 분을 포함한 이 지역의 관리들이 우리를 도와주어야 합니다. 그것도 지금보다 훨씬 헌신적으로요. 그래야 본토와 류큐가 빠르게 융합될 수 있습니다."

상대모가 물었다.

"저희들이 무엇을 도와드리면 되겠습니까?"

"우선은 부대 주둔지를 만들어야 합니다. 그러기 위해서는 주둔 병력이 장기 거주하게 될 기반 시설과 막사를 건설해야 하고요."

"주민들을 노역에 동원하라는 말씀입니까?"

이번에는 참모장이 물었다.

"무상으로 일을 시키지 않을 겁니다. 노역에 동원되는 주민들에게는 일정 분량의 쌀을 지급할 겁니다. 그리고 우리 조선은 모든 국민에게 병역의무를 지게 되어 있습니다. 이는 류큐 주민도 예외가 없음을 알아주었으면 합니다."

이렇게 설명을 마친 대진이 두 사람을 바라보며 말했다.

"이 모든 업무를 맡아 줄 사람이 필요합니다. 두 분께서 부지사의 임무를 맡아서 도지사인 여단장님을 보좌해 주겠습니까?"

상대모와 마량재가 동시에 대답했다.

"맡겨만 주시면 최선을 다해 보좌하겠습니다."

"마음을 다해 충성을 하겠습니다."

대진이 여단장을 바라봤다.

"여단장님께서는 어떻게 생각하십니까?"

강용일이 즉석에서 동의했다.

"나는 좋아."

"잘되었습니다. 그러면 한 분은 행정부지사가 되어 도정을 맡아 주십시오. 그리고 다른 한 분은 관리부지사가 되어 도의 살림을 맡아 주시고요."

상대모가 고개를 숙였다.

"최선을 다하겠습니다. 그런데 세금을 징수하지 않는다면 내부적으로도 징수하면 안 됩니까?"

"네, 그래서는 안 되지요. 관리들의 급여를 주고 도정을 운영할 최소한의 비용은 받아들여야겠지만, 그렇다고 국세를 징수해 납부할 필요는 없습니다."

"무슨 말씀인지 알겠습니다."

강용일이 당부했다.

"일본은 류큐의 모든 생산량의 2/3나 강탈해 갔다는 말을 들었습니다. 우리는 절대 그렇게 하지도 않을뿐더러 생각조차 갖고 있지 않습니다. 그러니 그런 걱정은 말고 앞으로 류큐 주민들이 우리말을 배우고 익혀서 조선 사람으로 살아갈 준비를 갖출 수 있도록 해 주세요."

대진이 거들었다.

"학교를 만드세요. 그러면 교사는 본국에서 충원해 드리겠습니다."

상대모가 마음을 다잡았다.

"알겠습니다. 그런데 아마미오 제도는 어떻게 됩니까?"

대진이 고개를 저었다.

"아직은 돌려받지 못했습니다. 하지만 최대한 빠른 시일 내에 돌려받도록 노력하겠습니다."

대진의 말에 상대모가 진지한 표정으로 말했다.

"잘 부탁드립니다. 아마미오는 시마즈 가문이 직접 관리하면서 모진 수탈을 받아 왔습니다. 그런 아마미오 주민들에게도 우리와 같은 행복을 누리게 해 주고 싶습니다."

"기다리면 분명 좋은 소식을 듣게 될 것입니다."

"알겠습니다."

대진은 이어서 두 사람에게 앞으로 준비해야 할 일에 대해 상세히 설명했다. 두 사람은 눈을 빛내면서 대진의 설명을 경청했다.

대진은 류큐에서 며칠 머물렀다.

류큐 관리들에게 조선인으로 살아가는 데 필한 정보와 교육을 실시했다. 그러면서 본토에서 추진하고 있는 각종 개혁 과정을 설명하면서 그들에게 새로운 동기를 부여해 주었다.

그렇게 바쁜 시간을 보낸 대진이 본토로 돌아온 때는 12월 초순이었다. 본토로 돌아온 대진은 용산에 들러 먼저 보고하고는 하루를 푹 쉬었다.

그리고 다음 날.

대진이 운현궁을 찾았다.

대원군이 대진을 환대했다.

"어서 오게. 이번에도 여러 곳을 둘러보느라 고생이 많았어."

"아닙니다. 좋아서 하는 일이어서 별로 힘들지 않았습니다."

"어디를 둘러봤나?"

대진이 두 달여의 여정을 짧게 보고했다. 보고를 받은 대원군은 감탄했다.

"이번에도 큰일을 해 주었구나. 하와이왕국과는 이제 정식으로 외교 관계를 수립하게 되었구나."

"그렇습니다."

대진은 좌탁에 올려 있는 지구본을 돌려 하와이를 짚었다.
이 지구본은 마군이 만든 것으로, 이 시대의 그 어떤 지도보
다 정교했다.

"지도에서 보시는 대로 하와이는 지정학적 요충지입니다.
그런 하와이와 정식 수교를 하면서 공관을 설치했다는 것은
우리의 태평양 진출에 교두보를 확보했다는 것을 뜻합니다."

대원군이 흐뭇해했다.

"우리나라가 달라지기는 많이 달라졌나 보구나. 과거에는
언감생심 나라에 붙어 있는 섬에도 가 보지 않으려고 했는
데, 지금은 태평양의 중앙까지 진출하는 걸 당연스레 생각하
게 되었으니 말이다."

"달라지셔야지요. 주상 전하께서 달라지시고 저하께서 달
라지시면 나라는 자연스럽게 변화하게 되어 있습니다."

대원군도 격하게 공감했다.

"맞는 말이야. 그런 변화를 자네와 마군이 주도하고 있으
니 더없이 고마운 일이지."

"새로운 인재들이 속속 세상에 몸을 드러내고 있습니다.
어느 정도 시간이 지나면 그런 인재들이 나라의 개혁 개방을
주도하게 될 것입니다."

대원군이 속마음을 토로했다.

"고마운 일이지. 내년에는 연초부터 할 일이 많다. 해가
바뀌면 노비가 해방된다. 그리고 3월에는 공교육이 처음으

로 실시되고, 이어서 개항도 추진해야 한다. 이런 일련의 일이 차질 없이 추진되어야 할 터인데 걱정이구나."

대진이 위로했다.

"잘 진행될 것입니다. 그동안 우리는 새로운 세상을 위해 각고의 노력을 기울여 왔습니다. 그런 노력이 하나하나 결실을 맺어 갈 터이니 너무 걱정하지 않으셔도 됩니다."

"그래도 마군이 있어서 든든하다. 더구나 일본과의 전쟁에서 대승하고 난 뒤여서 그나마 안심이 되기도 하고."

이어서 대진은 류큐에서 일어난 일에 대해서도 보고했다. 대원군은 대진의 결정에 바로 동조하면서 자리에서 일어났다.

"주상에게 보고하려면 입궐해야겠지?"

"그렇사옵니다."

"그러면 나와 함께 들어가세. 나도 주상께 드릴 말씀이 있다."

"예, 저하."

두 사람이 대원군의 전용 차를 탔다. 대원군이 가죽 시트를 손으로 만지며 소감을 피력했다.

"내가 이런 차를 타게 될 날이 올 줄은 누가 알았겠는가. 마군이 없었다면 아마도 내 생전에는 호사를 누려 보지 못했을 거야."

대진은 부인하지 않았다.

"마군이 열심히 노력했다는 것은 솔직히 맞습니다. 그러나 주상 전하와 저하께서 열린 마음으로 우리를 받아들이셔서 모든 일을 추진할 수 있었습니다. 만일 그러지 않았다면 지금의, 그리고 앞으로의 조선은 많이 암울했을 것입니다."

"그 말이 맞아. 나는 요즘 들어 마군이 없었으면 어떻게 되었을까 하는 생각을 자주 해. 그럴 때마다 등골에 식은땀이 흐르고 두려움이 온몸을 엄습해 와."

"처음 말씀드린 대로 조선은 크게 어려워졌을 겁니다. 특히 저하와 전하의 사이는 최악이 되었을 것이고요."

대원군이 몇 번이고 고개를 끄덕였다.

이러는 사이 차가 경복궁에 도착했다.

"충! 성!"

군제가 바뀌면서 왕궁을 지키는 병력도 대대적인 변화가 있었다. 이전에는 내금위(內禁衛), 겸사복(兼司僕), 우림위(羽林衛)로 병력이 나뉘었다.

그런 병력이 수도경비사령부 예하 금위군으로 통합되었다. 병력도 500여 명으로 확충된 금위군은 모두가 초급간부 이상의 직업군인이었다.

그런 금군이 대원군에게 절도 있게 경례했다. 대원군은 능숙하게 그들의 인사를 받았다.

"수고가 많다."

옆에 있던 궁내부 소속 내관이 몸을 숙였다.

"어서 오십시오, 저하."

"주상은 안에 계시는가?"

"수상 각하와 면담하고 있사옵니다."

"잘되었구나. 안내하게."

"소인을 따르십시오."

내관이 2층 편전으로 안내했다.

"국태공 저하 드셨사옵니다."

"모시어라."

편전의 문이 활짝 열렸다.

그러자 안에 있는 국왕과 수상의 모습이 들어왔다. 두 사람은 조선시대 관복이 아닌 새롭게 제정된 서양식 관복을 착복하고 있었다.

대진이 인사했다.

"충성! 주상 전하께 특별보좌관 이대진이 귀환 인사를 올립니다."

국왕이 환하게 웃었다.

"어서 오시오, 이 특보. 그렇지 않아도 이 특보의 활동 내용을 보고받던 중이었어요."

대원군이 확인했다.

"보고는 다 받았습니까?"

"예, 하와이왕국 수교와 유구도의 설립 등에 대한 보고를 모두 받았습니다. 아울러 소립원제도의 개척도요."

국왕이 대진을 치하했다.

"두 달여 동안 고생이 많았습니다. 이번에도 좋은 성과를 거두고 왔네요."

"모든 분들이 도와주신 덕분입니다."

국왕이 의문을 가졌다.

"그런데 류큐국왕은 폭사한 것이 맞습니까?"

"종전이 되고 반년에 가까운 시간이 흘렀습니다. 그 기간 동안 국왕 본인은 물론 가족 누구도 행적이 알려진 사람이 없습니다."

수상 홍순목이 단정했다.

"무려 반년입니다. 그 정도 기간 동안 소식이 없으면 일가족 전체가 사망했다고 판단해도 무방할 것 같습니다."

국왕이 안타까워했다.

"이번 전쟁으로 애꿎은 사람이 희생되었네요."

대원군이 고개를 저었다.

"그렇지가 않아요. 개인적으로는 안타까운 일이 맞습니다. 하지만 류큐를 통합해야 하는 우리로서는 더없이 좋은 일이예요."

대진도 동조했다.

"맞는 말씀입니다. 제가 직접 확인해 본 류큐에는 아직도 왕국의 잔재가 그대로 남아 있습니다. 더구나 주민들도 일본인이란 생각보다는 류큐 사람이란 인식이 확고했고요. 그런 류큐에 국왕이 생존해 있다면 두고두고 우환이 될 수밖에 없습니다."

그러자 국왕이 안타까운 표정으로 입을 열었다.

"그 말이 맞습니다. 나는 그저 류큐국왕에게 개인적인 애도를 보낸 것뿐입니다."

"약소국 국왕의 비애입니다."

대원군이 격하게 동조했다.

"맞는 말씀이오. 우리 조선도 마군이 없었다면 일본에 온갖 수모를 당했을 거예요. 거기에는 단연코 주상도 예외가 아니었을 겁니다. 아니, 누구보다 더 압박을 받았을 것이고 그에 따른 설움도 더 많았을 겁니다."

그 말에 국왕의 안색이 그 어느 때보다 굳어졌다.

"맞는 말씀입니다. 마군이 없었다면 우리는 일본에 갖은 횡포를 당했을 것입니다. 저 또한 마찬가지일 것이고요."

대원군이 한숨을 내쉬었다.

"후! 류큐국왕의 안타까움을 우리 주상이 겪지 않은 것에 감사합니다. 아울러 마군과 여기 있는 이 특보에게 더없이 고마움을 느끼고요."

대진이 급히 몸을 숙였다.

"황감한 말씀입니다."

그때 오가는 대화를 듣던 홍순목이 말을 돌렸다.

"내년 초에 실시하는 노비해방에 대해 일부 유림이 반발하고 있사옵니다."

대원군이 크게 노했다.

"지금이 어느 때인데 아직도 그런 생각을 하는 유림이 있다는 말씀입니까? 수상, 대체 어떤 자들이 아직도 어리석은 생각을 하고 있는 겁니까?"

홍순목이 조심스럽게 대답했다.

"화서선생의 제자들이 주축이 된 기호지방 유림들입니다."

대원군의 지시가 추상같았다.

"당장 잡아들이세요. 다른 사람은 모르지만 기호유림, 특히 화서 이항로의 제자들은 골수 중의 골수여서 말로 해결되지가 않습니다."

홍순목이 유화정책을 제안했다.

"유림은 여론을 좌지우지합니다. 더구나 화서학파로까지 불리는 이항로의 제자들은 더 그러하고요. 그런 자들을 상대로는 강압적인 것보다 대화로 풀어 가는 것이 좋지 않겠습니까?"

대원군이 딱 잘라 말했다.

"최익현 때문에라도 곤란합니다."

"아! 최익현."

평상시의 대원군이었다면 수상인 홍순목의 의견을 대부분 받아들여 왔다. 그러나 이 문제만큼은 유난히 목소리를 높였다.

대원군의 목소리가 높아졌다.

"수상께서도 아시다시피 최익현은 나와 주상을 이간질해서 나라를 어지럽히려 했던 작자입니다. 화서의 제자들에게 유화책을 쓰게 되면 반드시 최익현의 사면이 거론될 수밖에 없습니다. 나는 다른 사람은 다 몰라도 최익현만큼은 절대 용서하고 싶은 생각이 없습니다."

대원군의 생각이 너무도 단호했다.

그렇다 보니 홍순목이 다른 말을 못 하고 우물쭈물했다.

그런 모습을 본 국왕이 곧바로 나섰다.

"아버지의 말씀대로 하시지요. 지금은 강력하게 개혁 개방을 추진해야 할 때입니다. 이러한 시기에는 자칫 개혁의 발목을 잡는 일이 일어나서는 안 됩니다. 더구나 내년에도 새로 시작해야 할 일들이 줄줄이 있지 않습니까?"

대원군이 다시 나섰다.

"맞소이다. 지금은 좌고우면할 때가 아닙니다."

이전의 대원군이라면 바로 지시를 내렸을 것이다. 그러나 내각으로 국가 업무가 이관된 이후부터는 되도록 직접적인 지시를 자제하고 있었다.

홍순목이 고개를 숙였다.

"알겠습니다. 경찰에 지시해 불손한 무리가 있다면 모조리 잡아들이도록 하겠습니다."

대원군이 흡족한 표정을 지었다.

"잘 생각하셨습니다. 이런 국가 대사일수록 수상께서 중심을 잘 잡아 주셔야 합니다."

"명심하겠습니다."

이 모습을 지켜보던 대진은 저도 모르게 고개를 끄덕였다.

'그래, 이렇게 하는 거야. 중요한 일일수록 형식과 절차가 확실해야 해. 그래야 명분도 분명하지고 나중에라도 뒷말이 나오지 않아.'

며칠 후.
전국 모든 고을에 포고령이 붙었다.
포고령에는 노비해방을 방해하는 자들은 이유 여하를 막론하고 체포하겠다고 적혀 있었다. 포고령과 함께 각 지역에 병력까지 배치되면서 연말 분위기를 급격히 얼어붙게 했다.
이러한 강력한 조치는 큰 성과로 나타났다.
아무리 문제가 있다 해도 수천 년을 이어 온 제도이다. 더구나 전 국민의 절반 가까이가 노비일 정도로 신분제도는 모두의 일상에 녹아 있었다.
그런 제도를 일조일석에 타파하는 일은 결코 쉽지 않다. 그래서 지금까지 각종 교육을 통해 달라지는 제도를 홍보해 왔다.
그럼에도 불만은 당연히 있었다.
일부 양반들은 노비 인력을 근간으로 막대한 부를 축적해 왔다. 넓은 토지를 소유한 토호들은 당장 농장 경영에 차질을 빚을 수밖에 없었다.
그래서 이들은 삼삼오오 모여 목소리를 낼 준비를 하고 있었다. 이런 움직임에 철퇴가 떨어진 것이다.

일본과의 전쟁에서 대승을 거둔 이후 군에 대한 신뢰는 하늘을 뚫고 있었다. 이런 군이 각지에 배치되면서 불만 세력은 움짝달싹 못 하게 되었다.

이렇듯 노비해방은 개혁 이후 처음으로 강압된 분위기에서 실시되었다. 그러나 이런 정부의 조치에 대해 그 어디에서도 조직적인 반발은 없었다.

그만큼 불만은 있었지만 노비해방이 대세란 사실을 양반들은 알고 있었다. 그리고 세상이 얼마나 많이 변화하게 될거란 사실을 모르는 사람 또한 아무도 없었다.

돌쇠는 한양 출신이다.

돌쇠의 집안은 대대로 경향사족인 풍산홍문 집안에서 노비 생활을 해 왔다. 신분 세약은 있었지만 마음 좋은 주인 덕분에 큰 어려움 없이 살아왔다. 그러나 마음 한편에서는 늘 자유에 대한 갈망이 꿈틀대고 있었다.

그러다 마군이 하늘에서 내려와 개혁이 시작되면서 세상이 변하기 시작했다.

돌쇠는 시간만 나면 마포로 달려가 달라지는 변화를 체감해 왔다. 그렇게 세상이 바뀌던 중 전 국민을 대상으로 한 징병제가 실시되었다.

돌쇠는 가장 먼저 자원했다.

본래 솔거노비라면 함부로 몸을 움직일 수가 없다. 그러나 주인인 풍산홍문 가주의 배려로 누구보다 먼저 입대할 수 있었다.

그렇게 입대한 돌쇠는 최선을 다해 훈련에 임했다. 다행히 이런 노력이 좋은 성과를 보이면서 교관들의 주목을 받았다.

이렇게 군대 생활을 시작한 돌쇠는 누구보다 열심히 생활했다. 그러다 조일전쟁이 발발했고 이 전쟁에 돌쇠의 부대가 참전하면서 바다를 건넜다.

일본에서 돌쇠는 놀라운 적응력을 발휘했다. 본래부터 열심히 복무했던 돌쇠는 전투가 벌어질 때마다 선두에 섰다.

그러면서 누구보다 많은 공적을 쌓았다. 그래서 전쟁이 끝나고 귀환한 돌쇠는 이러한 전공 덕분에 무공훈장도 받았다.

돌쇠가 아버지를 설득했다.

"아버지, 내년부터 노비가 해방됩니다. 그러니 우리도 이제는 나가서 삽시다."

아버지가 고개를 저었다.

"나는 못 간다. 평생 주인어른을 모시고 살던 내가 나가면 이 집은 누가 지키느냐?"

"아버지, 이 집은 우리 집이 아니라 주인댁입니다. 우리가 나가서 사는 집이 진짜 우리 집이에요."

아버지는 완강했다.

"그래도 안 된다. 내가 아는 거라고는 주인어른을 모시는 일밖에 없다. 할 수 있는 일이라고 해 봐야 이 집을 내 속같

이 샅샅이 돌보는 거다. 그런 내가 나가서 무슨 일을 하며 산
단 말이냐?"

"아버지, 나가면 할 일이 천지입니다. 특히 마포에 가면
공장에서 일하는 사람이 없어서 매일 인부를 뽑습니다."

"그래?"

"그리고 저도 이번에 초급무관 지원을 신청했습니다. 다
행히 제가 무공훈장을 받은 공적이 가산되어 합격했고요."

그 말에 아버지의 표정이 환해졌다.

"오! 그런 일이 있었더냐?"

"예, 초급무관이 되고 3년만 복무하면 사택에 입주할 자격
이 생깁니다. 그런데 저는 무공훈장을 수훈해서 누구보다 먼
저 입주할 수 있고요. 그러니 나가서 잠깐만 고생하면 편하
세 실 수 있습니다."

그러나 돌쇠 아버지가 고개를 저었다.

"그래도 나는 주인을 모시고 살 거다. 그러니 나가려면 너
나 어머니와 동생들을 데리고 나가도록 해라."

돌쇠가 소리쳤다.

"아버지, 그게 말이 되는 소리입니까?"

돌쇠 어머니가 나섰다.

"돌쇠 아버지, 아이들을 위해서라도 나가서 삽시다. 돌쇠
도 이제 어엿한 군인입니다. 그리고 돌석이도 있고 순돌이도
있지 않습니까?"

돌쇠도 거들었다.

"맞습니다. 그리고 막내인 꽃분이도 좋은 데로 시집을 보내야지요."

꽃분이라는 말에 돌쇠 아버지의 얼굴이 변했다. 그러나 이내 본래의 표정으로 돌아가서는 고개를 저었다.

"그래도 안 된다. 내가 없으면 누가 주인어른을 챙겨 드릴 수 있겠느냐?"

돌쇠가 간청했다.

"아버지, 제발 제 말 좀 들어 주세요."

이때였다.

방밖에서 누군가의 목소리가 들렸다.

"돌쇠 아범 있는가?"

돌쇠 아버지가 벌떡 일어났다.

"아니, 청지기 어른 아닙니까?"

"험! 주인 나리께서 찾으신다네. 그러니 자네와 자네 집안 가솔 모두 사랑으로 들어가 보게."

"우리 모두를 부르셨다고요?"

"그렇다네."

돌쇠 아버지가 고개를 갸웃했다.

"이상하네. 이런 일은 한 번도 없었는데."

청지기가 나무랐다.

"어허! 주인 나리께서 오라면 퍼뜩 가 볼 일이지, 왜 그렇게 고개를 외로 꼬고 있는가?"

"아이고, 알겠습니다."

돌쇠 아버지가 모두를 둘러봤다.

"주인어른께서 찾으시니 모두 함께 가 보자."

"예, 아버지."

황급히 방을 나선 돌쇠네 가족은 사랑채 마당에 도착했다.

"나리, 소인 돌쇠 아범입니다."

"안으로 들어오너라."

그 말에 돌쇠와 그의 아버지는 깜짝 놀랐다.

지금까지 살면서 사랑으로 온 가족을 부른 적이 단 한 번도 없었기 때문이다. 당황해하던 이들은 조심스럽게 대청에 올라 쭈뼛거리며 문을 열었다.

"이리 들어와 앉아라."

"예, 나리."

돌쇠 가족이 우르르 들어와 무릎을 꿇었다. 그 모습을 보고 있던 주인이 주머니 하나를 돌쇠 아버지에게 내밀었다.

"받아라."

"이게 무엇이옵니까?"

"너희 가족은 평생 동안 우리 집안과 나를 돌봐 왔다. 그런 너희들이 내년이면 해방되어 집을 나가야 하지 않느냐? 그래서 그동안 고생한 공도 있고 해서 많지는 않지만 작은 집칸이나 장만하라고 준비했다."

돌쇠 아버지가 급히 몸을 숙였다.

"아이고, 나리. 소인은 아무 데도 나가지 않을 것이옵니다. 하오니 이 돈은 거두어 주십시오."

돌쇠는 크게 당황했다. 돌쇠는 그동안 고생했다고 주는 돈을 거부하는 아버지가 원망스러웠다.

"아, 아버지."

아버지와 아들의 행동은 누가 봐도 알 수 있을 정도로 너무도 대조적이었다. 그것을 본 주인은 웃으면서 돈주머니를 돌쇠에게 밀었다.

"아무래도 네 아버지는 돈을 받지 않을 것 같구나. 그러나 집을 나가면 당장 필요할 터이니 이 돈은 네가 챙기도록 해라."

돌쇠는 사양하지 않았다.

"감사합니다, 나리."

인사한 돌쇠는 얼른 돈을 받아 챙겼다. 그것을 본 돌쇠 아버지가 눈을 부라리며 소리쳤다.

"지금 무슨 짓을 하고 있는 게냐! 어서 나리께 돈을 돌려드리지 못하겠느냐!"

그러자 주인이 만류했다.

"그래서는 아니 된다. 내가 준 돈은 돌쇠 아범 한 사람에게 준 것이 아니야. 그동안 돌쇠 어미도 고생했고 돌쇠와 돌석이, 순돌이도 크든 작든 고생을 했다. 그런 모두에게 내리는 돈을 아비라고 해서 뺏어서는 안 된다."

"하오나 나리, 소인은 집을 나갈 생각이 조금도 없사옵니다. 앞으로도 소인은 나리와 마님을 하늘처럼 받들어 모시며 살 것입니다."

주인이 고개를 저었다.

"그렇게 해서는 안 된다. 내년부터 시행할 국법에서 노비를 내보내지 않는 주인은 처벌받게 되어 있다. 네 정성은 갸륵하다만 너로 인해 내가 처벌받을 수는 없지 않겠느냐?"

돌쇠 아버지가 당황했다.

"그, 그런 법이 어디 있사옵니까? 제가 자의로 나리와 마님을 모시겠다는데요."

"그렇지 않다. 과거였다면 대충 넘어갔을 수도 있다. 허나 지금의 법은 지엄해서 반드시 지켜야 한다. 그러니 자네는 아무 소리 말고 나가서 살 준비를 해라."

"나리."

돌쇠 아버지가 부복했다. 그런 돌쇠 아버지를 안타까운 눈으로 바라보던 주인이 돌쇠를 바라봤다.

"조일전쟁에서 큰 공을 세웠다면서?"

돌쇠가 몸을 숙였다.

"작은 공을 나라에서 크게 봐주셨습니다."

"하하하! 군에 가 있더니 말솜씨도 많이 늘었구나. 공부라도 한 게냐?"

"나라에서 읽고 쓰는 법을 가르쳐 주었사옵니다. 그래서 틈만 나면 고전이나 경전을 읽고 배우는 중이옵니다."

"다행이구나. 지금까지는 내 집 그늘에서 살아왔기 때문에 어려움이 없었을 거다. 그러나 이제는 너희들 스스로 세상을 헤쳐 나가야 한다. 그러니 마음 단단히 먹어야 할 것이다."

돌쇠가 머리를 숙였다.

"걱정해 주셔서 감사합니다. 그리고 저는 곧 초급무관학교에 진학할 예정이옵니다."

주인이 반색했다.

"오! 그거 아주 잘되었구나. 지금 같은 시대에서는 무엇보다 군인이 최고지."

주인이 부복해 있는 돌쇠 아범을 바라봤다.

"네 아비를 너무 원망 마라. 평생 한우물만 파던 사람이어서 밖으로 나가기가 많이 두려울 거다. 너라면 그런 아비를 잘 다독일 수 있을 게다."

돌쇠가 다짐했다.

"염려 마십시오. 나리 마님께 걱정을 끼쳐 드리지 않도록 최선을 다하겠습니다."

"오냐, 너만 믿는다."

주인이 돌쇠 아범을 바라봤다.

"이보게, 돌쇠 아범."

"예, 나리."

"돌쇠가 사람이 다 되었다. 저만하면 어디 가서도 밥은 굶지 않을 게야. 그런데 심지어 초급무관이 되겠다고 하니 그런 걱정도 할 필요가 없어졌구나. 그러니 너무 불안해하지 말고 나가서 살 준비를 해라."

"나, 나리. 소인은……."

주인이 호통쳤다.

"어허! 이건 주인으로서 마지막 명이다. 허니 주저하지 말고 명을 받들도록 하라!"

돌쇠 아범은 끝내 고개를 숙였다.

"……명을 따르겠사옵니다."

그러고는 펑펑 눈물을 쏟았다.

3장

이런 일은 곳곳에서 일어났다.

노비해방 소식에 노비들의 반응은 정확히 둘로 나뉘었다.

하나는 쌍수를 들어 환영하는 부류와 다른 하나는 먹고살 길을 걱정하는 부류였다.

대부분은 쌍수를 들어 환영했다.

이들은 아무리 굶더라도 자유롭게, 마음대로 살고 싶어 했다. 그리고 무엇보다 자식들에게 천형과도 같은 노비의 굴레를 씌워 주고 싶지 않았다.

이들은 징병제가 실시되자 가장 먼저 군에 자원입대를 했다. 그러고는 누구보다 더 열심히 복무해서는 초급무관으로의 신분 상승을 바랐다.

그래서 조일전쟁이 예상보다 더 유리하게 진행되었다. 아울러 무공훈장 수훈자도 많이 탄생했다.

하지만 다른 부류도 있었다.

이들은 지금까지는 생각하지 않고 살아도 별문제가 없었다. 그저 주인이 시키는 대로 열심히만 하면 되었다.

이런 노비들은 집 밖이 무서웠다.

앞으로는 자신이 무슨 일이든 해서 가족을 먹여 살려야 했기 때문이다. 더욱이 평생 수동적인 삶을 살아온 탓에 무엇을 어떻게 해야 할지에 대한 자신이 없었다.

의외로 많은 노비들이 지금의 자리에 안주하려 했다. 그러나 이런 일은 노비해방의 근본적인 취지에 어긋나게 된다.

그래서 정부는 노비가 해방되면 3개월 이내 분가하도록 법에 명시했다. 그리고 이를 어기는 경우 주인이 많은 벌금을 내는 것은 물론 공직 진출도 제한을 받게 만들었다.

정부의 이런 조치는 노비들의 자존감과 자립심을 길러 주기 위해서였다. 그리고 적당히 협박해서 노비를 주저앉히려는 일부 주인들의 악행을 막기 위해서였다.

이해 연말은 그래서 북적였다.

그리고 새해가 되었다.

정초(正初).

한양을 비롯한 조선의 모든 고을에 새로운 포고령이 일제히 나붙었다. 노비해방에 관한 포고와 그 시행령이었다.

모두가 알고 있는 사실이었다.

그러나 수천 년을 이어 온 노비제도가 없어지는 일이었다. 상전벽해나 다름없는 조치여서 많은 사람들이 포고문 앞으로 몰려들었다.

주민 몇이 대화를 나눴다.

"이야, 오래 살고 볼 일이야. 노비가 없는 세상이라니, 천지가 개벽을 했어."

"그러게 말입니다. 요즘은 세상이 너무 급하게 바뀌어서 정신이 없습니다."

"그래도 좋은 쪽으로 바뀌어서 얼마나 다행인지 몰라."

"우리에게는 좋지만 양반들에게는 반대가 아닐까요?"

"그렇기는 하겠지. 평생 남의 손으로 호의호식하던 사람들이었으니 말이야."

"그런데 이상합니다."

"뭐가 말인가?"

"아무리 법으로 금한다고 해도 그렇지 너무도 조용합니다. 저는 노비제도가 없어지면 나라가 뒤집어질 줄 알았습니다."

다른 사람이 나섰다.

"이 사람, 뭘 몰라도 한참 모르네."

"무얼 제가 모른다는 겁니까?"

"양반들이 목소리를 높이고 싶어도 그렇게 할 수가 없어요. 우선은 나라에서 엄금했으니 어려워. 그리고 군에 입대한 노비들의 숫자가 수십만이야. 더구나 대체복무 인원까지 따지만 그 숫자가 몇 배는 더 될 거야. 그런 노비들의 눈총을 상대할 수 있을 것 같아?"

"그러고 보니 법보다 그게 더 무섭겠습니다."

"그래요. 그리고 반기라도 들라치면 노비를 동원해야 하는데 어떤 노비가 거기에 동조하겠어?"

"아! 맞습니다. 자신들을 풀어 주지 않겠다는 일에 참여할 노비는 없지요."

"우리 조선은 솔거노비보다 외거노비의 숫자가 몇십 배가 많아요. 이제는 노비도 병역을 필해야 하잖아. 그래서 외거노비들은 이전처럼 주인에 의지할 필요가 없어졌어요."

"맞는 말입니다. 제일 무서운 게 군역이었는데 그것도 3년이면 끝나니 무서울 게 없지요. 더구나 양반도 예외 없이 군대를 다녀와야 하니 말입니다."

또 다른 사람이 나섰다.

"세상 참 좋아졌어요. 이제는 자기만 열심히 살면 되는 세상이 왔어요. 올봄부터 나라에서 아이들 공부도 가르쳐 준다고 하잖아요."

"맞습니다. 그래서 우리 아이들이 기대가 참 큽니다."

"이게 다 마군 덕분입니다. 마군이 없었다면 일본과의 전쟁에서 승리하지도 못했을 거예요."

모두가 동시에 고개를 끄덕였다.

노비해방은 나라의 근간을 바꾸는 일이었다. 더구나 양반들의 기득권을 빼앗는 일이었기에 불상사가 일어날 가능성이 높았다.

그래서 정부는 만일의 사태에 대비해 초긴장 상태를 유지하고 있었다. 군도 이런 분위기에 맞춰 1급경계령을 내린 상태였다.

그렇게 10여 일이 흘렀다.

전국에서 몇 건의 불미한 사건이 일어나기는 했다. 그러나 워낙 준비를 잘한 덕분에 우려했던 대형 사건은 발생하지 않았다.

1월 중순.

대진이 운현궁을 찾았다.

대원군이 반갑게 맞았다.

"어서 오게. 신년하례회 때문에 많이 바쁘지?"

"처음 치르는 행사다 보니 준비할 일이 의외로 많습니다."

"그럴 거야. 이전까지는 입궐해서 주상에게 세배하고 덕담을 주고받은 게 전부였잖아. 그런데 공식적인 행사를 할 필요가 있을까?"

"곧 개항이 있습니다. 개항하게 되면 각국 외교관들과 공식적인 연회를 베풀어야 하는 경우가 많습니다. 거기에 대비하기 위해서라도 공식 연회는 수시로 개최하는 것이 좋습니다. 특히 이번에는 일본에서도 입조하지 않습니까?"

대원군의 안색이 환해졌다.

"맞아. 이번에 일본 왕실에서 입조하기로 했지?"

"그렇습니다. 일본국왕의 사촌이 입조하기로 했습니다."

"일본에서는 국왕의 사촌을 청국처럼 친왕이라고 부른다면서?"

"그렇습니다."

"그러면 이번에 오는 국왕의 사촌을 뭐라고 호칭해야 하는 거지?"

"원칙대로라면 대공이나 공작이라고 해야 합니다. 하지만 국왕도 아닌데 구태여 그렇게까지 할 필요가 있겠습니까?"

그러자 대원군이 정색했다.

"아무리 외왕내제를 허용했다고 해도 원칙은 원칙이야. 그러니 일본에 미리 통보해 대공으로 격식을 맞추라고 하게. 그리고 국왕의 동생을 친왕으로 부르는 것도 격식에 맞지 않잖아."

듣고 보니 맞는 말이었다.

"알겠습니다. 바로 일본에 통보해서 혼선이 생기지 않도록 하겠습니다."

"그렇게 하게. 그리고 동궁의 대연회장은 좁지 않겠어?"

"충분합니다. 이런 행사를 예상하고 수용 인원 500명이 되도록 넓게 만들었기 때문에 문제가 없습니다."

"허허! 놀랍도록 넓구나. 지난번에 가서 봤을 때 정말 넓다고 생각했는데 500명이나 들어갈 줄은 몰랐네."

"과거였다면 그렇게 넓은 내부를 건설하기 어려웠을 겁니다. 하지만 지금은 제철소에서 생산된 철골이 있어서 높고 넓게 지을 수 있습니다."

"일본 사신이 오면 많이 놀라겠구나."

"아마도 그럴 겁니다."

"처음으로 열리는 행사이니만큼 모두가 주목할 수밖에 없네. 그러니만큼 차질 없이 준비하라 이르게."

"해당 부서에 저하의 당부를 전하겠습니다."

"그리고 개항은 어떻게 준비해 가고 있나?"

"봄이 되면 영국에서 정식으로 수교 제안이 도착할 것입니다. 그러면 우리는 거기에 따라 움직이면 되고요."

"초대 공사로는 누가 온다고 하던가?"

"일본공사로 있는 해리 파크스가 올 가능성이 가장 높습니다. 제가 만났을 때 그가 본국에 요청해 초대 공사로 부임하고 싶다는 의견을 강력하게 피력했습니다."

대원군이 반색했다.

"그 말은 영국이 일본보다 우리를 중시한다는 의미가 되나?"

대진이 고개를 끄덕였다.

"그렇습니다. 해리 파크스 공사는 누구보다 우리의 군사력을 잘 알고 있는 인물입니다. 더구나 저와는 몇 번 만나 많은 대화를 주고받았기에 우리 조선을 누구보다 많이 이해하고 있습니다."

"기왕이면 우리를 잘 아는 사람이 오는 것이 좋겠지."

"맞습니다. 영국은 국토 면적이 우리 조선과 비슷합니다. 그런 나라가 전 세계에서 가장 많은 식민지를 갖고 있지요. 특히 인도 대륙 전체를 식민제국으로 갖고 있을 정도로 최강대국입니다."

대진의 설명에 대원군이 눈을 빛냈다.

"우리도 영국처럼 강대국이 될 수 있지 않겠나?"

대진은 고개를 저었다.

"당장은 어렵습니다. 그러나 지금처럼 개혁 개방이 잘 추진된다면 적어도 동아시아에서는 최강대국이 될 수 있을 것입니다."

"식민지는 만들기는 어렵겠지?"

대진이 놀랐다.

"저하께서도 식민지를 생각하고 계십니까?"

"뭐, 할 수만 있다면 못할 것도 없지 않겠나?"

대진이 지도를 보며 설명했다.

"지도에서 보듯이 대부분의 지역은 서구 열강이 진출해 있습니다. 그래서 지금 남아 있는 곳은 아프리카가 거의 유일합니다."

대원군이 지도를 보다가 침음했다.

"으음! 거기는 너무 머네."

"예, 그리고 우리가 설령 진출했다고 해서 서구 열강이 인정해 주지 않을 공산이 큽니다. 그래서 저희 마군은 실속 있게 영토 획득보다는 자원 개발에 공을 들이려는 것입니다."

잠시 지도를 바라보던 대원군이 동의했다. 이러던 대원군이 갑자기 크게 자책했다.

"하! 내가 지금 무슨 말을 하고 있는 거야. 겨우 일본 하나 이겼다고 식민지 타령을 하다니. 이 나이가 되었음에도 아직 탐욕을 제어할 줄을 모르다니, 멀어도 한참 멀었구나."

그 모습에 대진은 말을 하지 못했다.

자신이 생각해도 대원군이 너무 자만에 빠진 말을 했다. 그러나 그렇다고 해서 굳이 그런 부분을 대놓고 지적할 필요는 없었다.

대원군이 사과했다.

"이 특보, 미안하네. 내가 갑자기 정신을 놓아 버렸는지 욕심이 과해졌어. 지금은 그런 생각을 할 때가 아닌데 말이야."

대진은 적당히 말을 골랐다.

"생각해 볼 수는 있습니다."

대원군이 고개를 저었다.

"아니야. 우물 안 개구리가 겨우 물 밖으로 나왔어. 그런 우리에게는 당장 발밑의 현실이 중요하지 남의 떡은 중요한 게 아니야. 더구나 우리는 정말 중요한 일을 앞두고 있잖아."

대원군이 슬쩍 북벌을 거론했다.

대진도 이 말에 동조했다.

"그건 맞습니다. 우리에게는 일본 승리보다 더 중요한 대업이 아직 남아 있습니다."

대원군이 걱정했다.

"청국도 문제는 없겠지?"

"물론입니다. 청국은 지금, 내부적으로 완전히 썩어 버렸습니다. 서태후가 모든 권력을 장악한 상황이고 황제는 이제 겨우 9살에 불과합니다."

"맞아, 탐학한 서태후가 국정을 농단하고 있어서 문제이기는 하지. 그것이 우리 조선에는 더없이 좋은 기회이고."

"예, 그래서 우리 군을 적당히 조련하며 때를 기다리기만 하면 됩니다."

대원군이 크게 고개를 끄덕였다.

"그래, 두 눈 똑바로 뜨고 때를 기다려 보자."

그리고 열흘 뒤가 되었다.

"주상 전하 납시오!"

경복궁 동궁의 대연회장에서 조선 최초로 신년하례회가 열렸다. 행사에는 왕실은 물론 전·현직 고관들이 전부 참석했다.

마군에서도 최고 지휘부가 전부 참석했다. 그리고 일본에서는 친왕이 참석했으며, 류큐에서는 부지사가 된 상대모가 참석했다.

국왕과 왕비는 새롭게 만든 연회복을 입고 입장했다. 그런 국왕 부부가 연회장 중앙에 마련된 용상에 함께 좌정했다.

이어서 대원군이 나섰다.

"두 분께서 용상에 좌정해 계시니 실내가 환해졌습니다. 주상께서는 금년에도 부디 선정을 베푸시기를 바랍니다."

국왕이 덕담을 했다.

"최선을 다하겠습니다. 아버지께서도 금년에 건강에 힘써 주시기를 바라옵니다."

"고맙습니다."

다음으로 대신들이 차례로 나가 정중히 몸을 숙였다. 그러고는 마군과 군 지휘관들도 국왕 부부에게 인사했다.

이어서 일본 특사가 앞으로 나왔다.

모두의 시선이 쏠렸다.

일본 특사는 연미복을 입고 있었다.

작은 키의 일본 특사는 사람들의 시선을 받자 바짝 긴장했다. 그 바람에 잠깐 머뭇거린 그는 모자를 벗고는 자신을 소개했다.

"대조선국의 국왕 전하를 뵙습니다. 외신(外臣)은 일본국 국왕 전하의 사촌인 구니노미야 아사히코[久邇宮 朝彦] 대공이옵니다."

일본 특사가 외신을 자처했다. 통역을 통해 이 말을 들은 국왕이 흡족한 미소를 지었다.

"어서 오시오. 귀국의 국왕은 안녕하시오?"

"전하의 하해와 같은 성은에 힘입어 잘 계시옵니다."

"다행이오. 우리 조선과 귀국은 한때 불미한 일을 겪었소. 그러나 이제는 그런 과거의 잘못은 모두 털어 버리고 새로운 관계를 모색해 나가도록 합시다."

"황감하옵니다. 우리 전하께 전하의 말씀을 꼭 전해 드리 겠사옵니다."

"그렇게 하시오."

이때 대진이 나섰다.

"전하! 이번에 온 특사께서 금년도 전쟁배상금을 금으로 가져왔사옵니다."

"오! 그래요? 그러면 얼마나 가져온 것이오?"

"이번에 가져온 금은 일본 돈의 가치로 2,500만 엔입니다."

"아! 그래요?"

"예, 전하. 일본 돈 2,500만 엔의 황금 중량은 25만 냥입니 다. 그리고 이번에 실시되는 미터법의 도량형에 따르면 9,375톤이 되옵니다."

대진의 말을 들은 연회장에 참석한 사람들은 하나같이 놀 랐다. 일본 돈의 가치를 잘 모르던 국왕도 황금 25만 냥이란 보고에 용안을 크게 떴다.

"일본 돈의 가치가 의외로 높군요."

"그렇사옵니다. 그래서 배상금을 10억 냥으로 낮춘 것입니다. 그리고 20년 분할로 해 주었던 것이고요."

"그렇구나. 이보시오, 특사."

일본 특사가 고개를 숙였다.

"예, 전하."

"돌아가거든 귀국 국왕에게 배상금을 잘 수령했다고 전해 주시오. 아울러 양국의 우호증진을 위해 더 노력하자는 말도 전해 주고요."

"반드시 그렇게 전해 드리겠사옵니다."

일본 특사가 허리를 깊게 접고는 뒷걸음으로 물러났다. 그 뒤를 이어 류큐의 상대모가 조심스럽게 앞으로 나왔다.

상대모가 큰절을 했다.

"류큐의 천신(賤臣) 상가 대모가 선아의 무인께 인시를 드리옵니다. 만세, 만세, 만만세."

국왕이 깜짝 놀랐다. 상대모가 한 인사는 조공국의 신하가 천자에게 하는 인사였기 때문이다.

대진이 사정을 설명했다.

"류큐번국은 지난해 말로 문을 닫고 본국의 유구도가 되었습니다. 방금 인사한 사람은 류큐번국의 총무관으로 본국의 수상 격입니다. 이번에 유구도의 행정부지사가 되었기에 전하께 정식으로 인사를 올리는 것입니다."

"아! 그렇군요."

국왕이 상대모를 바라봤다.

"이미 없어진 나라에 연연하지 말고 앞으로 조선의 백성으로 평안히 살아가기 바라오. 그리고 유구도의 행정부지사의 책무도 잘 수행해 주시오."

"명심하겠사옵니다. 만세, 만세, 만만세."

상대모가 다시 두 팔을 들고서 만세를 불렀다. 처음과 달리 국왕은 그런 상대모를 보며 흐뭇한 미소로 몇 번이고 고개를 끄덕였다.

대진이 국왕에게 다가갔다.

"전하께서 연회 개최를 선포해 주십시오."

국왕은 자리에서 일어났다. 그러고는 장내를 죽 둘러보다가 묵직한 목소리로 지시했다.

"지금부터 연회를 시작하라!"

국왕의 지시가 떨어짐과 동시에 장악원의 악사들이 연주하는 음악이 흘러나왔다. 이 연주를 시작으로 대기하고 있던 내관과 궁녀 들이 음료와 간단한 안줏거리를 가지고 들어왔다.

관리들도 이런 연회는 처음이었다. 그래도 사전에 고지한 바가 있었기에 당황해하지는 않았다.

그럼에도 대부분은 눈치를 보거나 멈칫거리며 나서지 않았다. 그러나 마군 출신들은 내관과 궁녀 들이 들고 온 술잔을 자연스럽게 받아 들었다.

사용하는 술잔은 유리잔이었다.

마군의 모습을 본 참석자들이 하나둘 나서서 잔을 들었다. 그러자 다른 사람들도 거기에 따르면서 분위기는 차츰 달아올랐다.

참석자들은 서로에게 안부 인사를 하며 대화를 시작했다. 그러다 처음 만난 사람과 악수를 나누며 통성명을 했다.

연회장에 조금씩 조용조용 대화를 나누는 사람들이 늘어났다. 그런 모습을 바라보던 국왕이 흐뭇한 미소를 지었다.

"사람들이 잘 어울리는 것 같구나."

왕비도 미소를 지었다.

"예, 아주 보기가 좋사옵니다."

대진이 설명했다.

"서양의 공식 연회에서는 간단한 식음료를 곁들이면서 대화를 나눕니다. 그래서 많은 사람이 참석해도 준비하는 측에서 아주 애를 먹지는 않습니다."

국왕도 인정했다.

"그러겠네요. 우리는 연회를 하려면 각자의 앞에 놓을 수백 개의 상부터 준비해야 합니다. 더구나 각종 음식을 조리하느라 사옹원과 숙설소(熟設所)의 숙수와 인부들이 고생하는데 이런 연회는 그러지 않아도 되겠어요."

그러자 왕비가 지적했다.

"그래도 다식이나 한과를 준비하려면 나름대로 고생한답니다."

"하하하! 그건 그렇지요."

왕비가 대진에게 인사했다.

"이 특보가 가져온 조일전쟁 동영상을 우리 세자가 아주 좋아한답니다. 그래서 고맙다는 인사를 드리려고 했는데 기회가 없었네요."

"아무래도 전쟁 영상이어서 저하께서 좋아하시나 봅니다."

"그런 것 같습니다. 그런데 영상에서 보면 일본이 철저하게 부서졌던데, 어떻게 배상금을 마련했는지 모르겠습니다."

"그만큼 저들의 저력이 대단하다는 의미지요."

"그런 것 같아요."

모두의 시선이 일본 특사에게 몰렸다.

시선이 머문 일본 특사는 연신 고개를 숙이며 인사하고 있었다. 그런 일본 특사의 주변에는 수상을 비롯한 몇 명의 대신들이 모여 있었다.

국왕이 흡족해했다.

"수상과 대신들이 잘 대접하는군요. 그런데 일본 특사의 행동이 영 부자연스럽네요."

대진이 설명했다.

"일본 왕실은 에도막부가 문을 닫기 전까지 거의 유명무실한 존재였습니다. 그러던 일본 왕실이 지금의 위상을 갖고 된 것은 하급사무라이와 평민들이 주도한 국가 개혁 덕분이지요. 더구나 일본은 왕족들의 대외 활동을 철저하게 제한하고 있습니다. 그러다 보니 저렇게 어색해하는 것 같습니다. 서양식 연회가 이번이 처음인 탓도 있을 테고요."

국왕도 동조했다.

"맞아요. 과인도 사전에 보고받지 않았다면 많이 어색했을 겁니다."

왕비가 거들었다.

"그래도 우리 조선에 이런 연회가 열린다는 사실이 너무도 보기 좋습니다."

대진이 동조했다.

"물론입니다. 앞으로 개항하면 이런 연회는 수시로 열리게 될 겁니다. 거기에 대비하기 위해서라도 미리 경험을 쌓아 두는 것이 좋습니다."

국왕이 그런 대신을 바라보며 질문했다.

"개항 준비는 잘되어 가고 있나요?"

"예, 전하."

"그런데 외국 공관을 도성밖에 설치하게 한다고요?"

"그렇습니다. 지금도 그렇지만 개혁이 진행될수록 도성의 인구 유입이 급속히 늘어날 것입니다. 그런 사정을 감안해 도성이 아닌 용산 일대에 외국 공관이 동시에 들어서도록 만들려고 합니다."

"공관을 한 곳에 몰아넣겠다는 말이군요."

왕비가 우려했다.

"외국이 반발하지 않을까요?"

"별다른 반발은 없을 것입니다. 일본은 요코하마라고 도쿄에서 100리 이상 떨어진 곳에 공관이 있습니다. 청국은 그보다 먼 천진에 공관이 있고요. 본래는 우리도 제물포에 공관 터를 제공하려고 했습니다. 그러나 나중을 생각해서 용산 일대에 부지를 조성한 것입니다."

국왕이 동조했다.

"성하십리(城下十里)입니다. 용산도 한양이 맞기는 하지요."

"그렇습니다."

"개항 시기는 언제로 생각합니까?"

"3월에는 학교가 개강을 합니다. 그래서 4월이나 5월경으로 생각하고 있습니다."

"첫 번째는 당연히 영국이겠지요?"

"그렇사옵니다."

왕비가 바람을 내비쳤다.

"기대됩니다. 개항 이후의 세상이 어떻게 바뀔지 말입니다."

"당장의 큰 변화는 없을 것입니다."

"그래요?"

"예, 개항은 개혁을 불러오게 되어 있습니다. 그래서 청국도, 일본도 개항과 함께 개혁이 시작되었고요. 그러나 우리 조선은 개항보다 개혁을 먼저 시작했습니다. 더구나 마군이 철저하게 준비해서 시작한 개혁이어서 다른 나라가 수십 년 추진한 개혁보다 성과가 훨씬 더 좋습니다. 아마도 개항이 되면 외국 외교관들이 우리의 발전상에 많이들 놀랄 것입니다."

"그러면 서양이 우리 것을 배워 갈 수도 있단 말이군요."

"물론입니다. 중전마마께서도 잘 아시는 천연두와 아스피린 등은 없어서 못 파는 물건입니다. 전 세계에 우리만 만들어 내고 있는 약품이고요."

이어서 대진이 몇 가지 상품을 나열했다. 그 말을 들은 왕비는 연신 고개를 끄덕이며 좋아했다.

"그렇군요. 말씀을 들어 보니 우리가 앞선 것이 한두 가지가 아니네요."

"에, 군사력도 저들에게 절대 뒤지지 않습니다. 더구나 수군은 본국이 세계 최강이라고 해도 과언이 아니고요."

"아! 마군이 있었시요?"

"그렇습니다. 그러니 장차 서양 외교관의 부인들을 보시더라도 부러워하실 일이 하나도 없습니다."

"알겠습니다. 어떠한 경우라도 조선의 국모로서 당당하게 맞이하지요."

"예, 그렇게 하십시오. 넘치지만 않는다면 모두가 중전마마를 우러러보게 될 것입니다."

국왕이 두 사람의 대화를 흐뭇하게 지켜봤다. 그런 세 사람의 주변으로 장악원 악사들의 음악이 잔잔히 흘렀다.

다음 날.

대진이 일본 특사와 마주 앉았다.

"어떻게, 어제는 잘 쉬셨습니까?"

일본 특사가 대답했다.

"아주 잘 쉬었습니다. 그리고 저를 그렇게 큰 연회에 초대해 주셔서 감사드립니다."

"연회는 처음이었을 터인데 잘 즐기셨습니까?"

"물론입니다. 수상 각하께서 조선 정부의 여러 중신들을 소개해 주셨습니다. 아울러 군부의 주요 인사도요."

"다행입니다. 이번에 약속대로 배상금을 가져오셔서 감사드립니다. 전쟁이 끝나고 얼마 지나지 않아 꽤 어려웠을 터인데요."

"맞습니다. 배상금이 너무 많아 금액을 맞추는 데 아주 힘이 들었습니다. 그래서 드리는 말씀인데, 배상금을 차관으로 받아 주시면 안 되겠습니까?"

"차관으로요?"

"예, 되도록 배상금을 마련하려 노력할 것입니다. 그러나 금액이 많이 자칫 실수하는 경우도 없잖아 있을 것이 우려됩니다. 그래서 드리는 말씀인데, 부족한 금액이 발생하면 5년이나 10년 만기 채권을 발행하게 해 주십시오. 그렇게 해 주신다면 이자는 넉넉하게 지급하겠습니다."

"흐음! 갑작스러운 제안이어서 당황스럽네요."

일본 특사가 간청했다.

"제발 부탁드립니다. 저희도 이런 말씀을 드리는 것이 싫습니다. 하지만 약속을 지키지 못해 지체 보상금이 크게 불어날 가능성이 높을 정도로 나라의 형편이 좋지 못하기에 이렇게 간청을 드리는 겁니다."

이 말을 한 일본 특사가 고개를 숙였다. 대진은 그런 일본 특사의 뒤통수를 내려다보다가 대답했다.

"나쁘지 않은 제안입니다. 이자만 적당히 지급한다면 채권 매입을 못 할 것도 없지요."

그 말에 일본 특사가 고개를 번쩍 들었다.

그런 일본 특사의 얼굴에는 조금 전에 없던 환한 미소가 걸려 있었다. 이런 일본 특사가 생각지도 않은 발언을 했다.

"감사합니다. 정부 요청을 성공하지 못하고 돌아갈 것 같아서 걱정이 많았습니다. 그런데 역시 이 특보님을 만나면 길이 생기는군요."

의외의 발언에 대진이 얼떨떨해졌다.

대진이 정색을 했다.

"지금 무슨 말씀을 하시는 겁니까? 저를 만나면 길이 생긴다니요? 누가 그런 말을 했습니까?"

일본 특사가 조심스럽게 말했다.

"본국의 이토 히로부미 공부경이 특보님을 찾아보라고 했습니다. 그러면 분명 길이 열릴 것이라고 말씀하면서요."

대진은 그제야 이해가 되었다.

"아! 그랬군요. 저와 몇 차례 만났던 이토 히로부미 공부경이 그런 말씀을 하셨군요."

"그렇습니다. 이토 히로부미 경은 저보다는 어리지만 제가 존경하는 사람입니다. 그래서 그의 조언대로 특보님을 별도로 뵙자고 한 것입니다. 이런 제가 잘못을 한 것입니까?"

대진이 손을 저었다.

"아닙니다. 잘 찾아오셨습니다. 그 문제는 제가 담당하는 일이 맞습니다."

"아! 그렇다면 다행이군요."

대진이 분명히 짚었다.

"채권은 5년이든 10년이든 귀국의 편의대로 받겠습니다. 하지만 발행 금액은 매년 상환액의 절반은 넘지 않게 해 주십시오."

일본 특사가 잠시 고심하다가 대답했다.

"그러면 상환기간을 10년으로 하는 채권을 발행하겠습니다."

"그렇게 하십시오."

두 사람은 채권발행 이자율을 갖고 한동안 씨름했다. 그렇게 협상을 마무리 지은 일본 특사는 대진에게 진심으로 고마워했다.

"감사합니다. 지난 협상에는 제가 참석하지는 않았지만 특보님께서 많은 양보를 해 주셨다는 말을 들었습니다. 이번

에도 특보님이 아니었다면 쉽게 일을 마무리 지을 수 없었을
것입니다."

대진은 머쓱했다.

'채권을 받아 준 것은 우리에게도 좋은 일이기 때문이다.
이자율도 높지만 복리이자를 지급해 주는 것을 마다할 까닭
이 없지.'

속으로는 이런 생각을 했다. 그러나 겉으로는 생색을 한껏
냈다.

"큰 공은 아닙니다. 일본 왕실의 윗사람께서 특사로 오셨
으니 그에 대한 답례를 했을 뿐입니다. 어쨌든 지금의 일본
을 지탱하는 건 일본 왕실이 있어서가 아니겠습니까?"

대진은 은근히 일본 왕실과 일본 특사를 치켜세웠다. 이
말을 들은 일본 특사는 감격했다.

"감사합니다. 돌아가서 특보님에 대한 말씀을 꼭 전하도
록 하겠습니다."

"그렇게 하십시오. 그런데 규슈공화국은 어떻게 되었습니까?"

일본 특사의 안색이 대번에 흐려졌다.

"후! 항복하라고 해도 끝까지 버티네요. 아무래도 병력을
파견해서 끝장을 봐야 할 것 같습니다."

"설상가상이겠습니다."

"예, 전후 복구도 어려운 마당에 다시 병력을 모으려고 하
니 정부가 아주 힘들어하고 있습니다. 그나마 프랑스의 도움

으로 무기를 도입할 수 있어서 어떻게든 준비는 해 나가고 있는 중입니다."

"아! 프랑스가 도움을 주었군요."

"예, 프랑스의 로스차일드 가문에서 지난번과 같이 전시 채권을 매입해 주었습니다."

그 말에 대진은 내심 아쉬워졌다.

'로스차일드 가문이 또 문제구나. 그들이 도와주지 않았다면 규슈공화국은 한동안 승승장구했을 텐데 말이야.'

대진이 지적했다.

"규슈를 통일하고 나면 아마미오 제도를 돌려주셔야 하는 것은 알고 계시지요?"

"물론입니다. 그런데 귀국이 바로 공략해서 접수하는 편이 낫지 않나요?"

일본도 조선이 규슈공화국에 도움을 준 사실을 알고 있었다. 그랬기에 일본 특사가 은근히 그 점을 지적하고 나온 것이다.

대진은 솔직히 대답했다.

"처음과 끝이 다른 자들입니다. 처음에는 간까지 빼 줄 것처럼 하더니 어느 정도 자리를 잡고 나서는 안면몰수를 하더군요. 그래서 후쿠오카 지역에 조선관도 아예 설치하지 않고 있습니다."

"그렇군요. 허면 우리가 규슈를 통일하면 후쿠오카에 조선관을 설치하실 겁니까?"

대진이 고개를 저었다.

"이미 두 곳에 조선관을 설치했으니 추가로 설치할 수는 없지요. 다만 정식으로 국교가 수립되면 영사관은 설치할 예정입니다. 아울러 조선의 문화를 전할 문화원도 별도로 설치할 것이고요."

"조선관은 더 이상 설치하지 않는 거군요."

"두 곳을 설치하겠다고 약속했으니 더 설치할 수는 없지요. 그 대신 사업을 위해 오사카나 도쿄 등지에 토지는 매입할 예정입니다."

"그러시군요. 그런데 본국과는 언제 수교하실 겁니까?"

"봄에 영국을 시작으로 수교를 진행할 겁니다. 일본과도 그때 날짜를 봐서 수교할 겁니다."

일본 특사가 조심스럽게 질문했다.

"그런데 프랑스, 미국과는 수교하지 않는다는 말을 들었습니다. 이 소문이 맞는 것인지요?"

대진이 쓰게 웃었다.

'말을 조심할 줄 알았는데 그게 아니었네. 프랑스와 미국이 일부러 소문을 냈나 보구나.'

"예, 양국과는 먼저 해결할 일이 있어서 수교를 잠시 보류하게 되었습니다."

일본 특사는 정보라도 탐색하려는 듯 눈을 빛냈다. 그런 모습을 본 대진은 서둘러 말을 돌렸다.

"수교하면 바로 공사를 파견하실 겁니까?"

"아무래도 그렇게 될 공산이 큽니다."

"잘되었군요. 일본과는 앞으로 논의할 사안이 많은데 공사가 주재하면 좋지요. 본국도 수교와 동시에 공사관을 개설할 예정입니다. 조선관에는 영사를 주재시킬 예정이고요."

"그러시군요."

대진은 일본 특사와 잠시 더 한담을 나누고 헤어졌다. 그러고는 곧바로 운현궁을 찾아 상황을 보고했다.

대원군은 대진의 결정을 이해했다.

"일본의 사정이 그렇다면 어쩔 수 없지."

"지금의 일본 상황으로 봤을 때 배상금 상환기간이 2배로 늘어날 가능성이 높습니다. 배상액은 1.5배 정도가 될 것이고요."

대원군이 놀랐다.

"이자가 그렇게 많이 늘어난단 말이더냐?"

"복리이자가 그래서 무서운 것입니다."

"허허! 일본 특사가 이번에 큰 실수를 했구나."

"꼭 그렇지는 않습니다. 일본은 최단 시간에 규슈를 탈환해야 합니다. 그런 일본으로서는 비싼 이자를 물어 주더라도 배상금 상환을 늦춰야 할 수밖에 없을 것입니다."

"하긴, 우리가 일본 걱정을 할 필요는 없겠지. 그들도 이자율은 계산했을 터이니 말이야."

"분명 그럴 것입니다."

"흠! 어쨌든 채권 인정은 잘한 결정이다. 고생이 많았네."

"감사합니다."

다음 날.

일본 특사와 유구도의 행정부지사가 각각 귀환 인사를 했다. 국왕은 이들 두 사람에게 위치에 맞는 선물을 푸짐하게 안겨 주었다.

두 사람은 거듭 사은하며 돌아갔다.

이들의 귀환으로 신년하례회는 공식적으로 막을 내렸다. 대진은 이들을 끝까지 챙기면서 자신의 소임을 다했다.

그렇게 2월도 지난 3월.

조선에서는 또 하나의 개혁이 실시되었다. 그것은 바로 전 국민을 대상으로 한 공교육 실시였다.

초등학교와 중등학교, 그리고 대학교가 동시에 개교했다. 처음으로 모든 학교가 문을 연 탓에 최소한의 입학 기준이 정해졌다.

그래서 정한 기준이 나이를 우선했다. 학문 수준은 《소학》과 《명심보감》, 그리고 사서삼경이었다.

8살 이상이면 무조건 초등학교 입학 대상이 되었다. 여기서 《소학》과 《명심보감》을 배우고 14살 이상이면 중학교에 입학 자격이 주어졌다.

그리고 사서삼경을 공부했으면 고등학교 입학 자격이, 과거에 응시한 경력이 있으면 대학 입학 자격이 주어졌다.

입학했다고 해서 끝이 아니다.

초창기여서 기준을 최소로 정했을 뿐이었다. 만일 자격시험에서 탈락하게 되면 바로 퇴교 처분되면서 한 급 낮은 학교로 내려가야 했다.

그러나 이런 제재 조항에도 아랑곳없이 대학교로 학생들이 대거 몰렸다. 이렇게 학생이 몰린 까닭은 대학생에게는 입대 연기 자격이 주어지기 때문이다.

한양의 어느 초등학교.

선생이 학생들을 통제했다.

"선생님이 '앞으로나란히'라는 지시를 하면 전부 두 팔을 앞으로 내미는 겁니다. 앞으로나란히!"

입학생들이 전부 손을 내밀었다.

그런데 선생님의 지시에 따르는 학생들의 나이가 천차만별이었다. 8살에 맞춰 입학한 학생도 분명 많기는 했다.

그러나 그보다 훨씬 많은 숫자가 나이가 많은 학생들이었다. 10살은 기본이었으며 심지어 머리에 상투를 튼 20대도 있었다. 이렇게 나이가 많은 사람들은 거의 전부 평민이나 노비 출신들이었다.

놀랍게도 여학생들도 많았다.

아직은 남녀 차별이 엄존하는 시대였기에 반은 나뉘었다.

그럼에도 상당한 숫자의 여학생이 입학하면서 높은 향학열을 처음부터 보여 주었다.

"자! 지금부터 선생님이 주는 교과서는 나라에서 무상으로 공급하는 겁니다. 누가 주었다고요?"

"나라에서요!"

"그러면 나라에 충성을 해야 돼요? 안 해야 돼요?"

"해야 돼요!"

"맞습니다. 여러분이 지금처럼 공부할 수 있는 것도 나라에서 학교를 만들었기 때문입니다. 그리고 여러분이 무상으로 공부할 수 있는 것도 다 나라에서 돈을 댔기 때문이지요. 그러니 여러분은 언제라도 나라에 충성을 다해야 합니다. 알았지요?"

"예!"

"자! 그럼 첫 수업을 시작하겠습니다. 가장 먼저 배울 것은 한글입니다. 한글은 훈민정음이라고도 부르며 조선의 네 번째 임금이신 세종 대왕께서 창제하신 글입니다. 선생님을 따라 하세요. 기역!"

"기역!"

"니은!"

"니은!"

초등학교에서 첫 수업이 시작되었다.

수업은 중등학교에서도 마찬가지였다.

"전체 차렷!"

"교장선생님께 대하여 경례!"

"충! 성!"

학생들이 일제히 거수경례를 했다. 단상에 있는 교장선생이 학생들을 죽 둘러보고는 답례했다.

"바로! 지금부터 교장선생님의 훈화가 있겠습니다."

교장선생이 한발 앞으로 나섰다.

"모두 열중쉬어."

"열중쉬어!"

학생들이 절도 있게 구령에 따랐다.

대학도 사정은 다르지 않았다.

대진은 서울에서 치러지는 국립대학 입학식에 대원군과 함께 참석했다. 대진이 참석한 입학식은 시작부터 끝까지 군대 예절이 실시되고 있었다.

대원군이 놀랐다.

"대단하구나. 군사훈련을 한 번도 받지 않은 학생들이 어떻게 저렇게 절도 있게 행동을 할 수 있는 거야?"

대진이 사정을 설명했다.

"사전교육이 있었습니다. 입학생 예비소집을 했을 때 미리 경험을 하게 했고요."

"그럼 그렇지. 아무리 대학생이라 해도 경험이 없다면 저렇게 절도 있게 행동할 수는 없지. 그런데 교련은 중학교부터 실시한다고 했나?"

"그렇습니다. 지금은 군사력이 세상을 좌우하는 시대입니다. 이런 시대에는 학교교육과정에 군사교육을 도입하지 않을 수 없습니다."

대원군이 주의를 주었다.

"어쩔 수 없는 일이야. 병인년과 신미년의 양요도 우리가 군사력이 약해서 저들을 압도하지 못했던 뼈아픈 경험이 있었지. 그러나 군사교육을 너무 중시하다 보면 학생들의 생각 자체가 경직될 수도 있으니 조심해야 해."

대진도 인정했다.

"맞는 말씀입니다. 교련을 도입하려 할 때 마군고문단 중에 그 점을 우려하는 분들이 많았습니다. 그래도 지금과 같은 제국주의 시대에는 어쩔 수 없이 군사력에 중점을 두어야 한다는 점에는 모두 공감했습니다."

"으음!"

"그 대신 교련 교육에는 탄력을 두기로 했습니다. 그래서 중·고등학교 때는 교련 시간을 많이 배정하는 대신 대학생들은 입영 교육 등으로 밀도 높게 진행하기로 했습니다."

대진의 이야기를 듣던 대원군이 의외의 발언을 했다.

"그래도 신경을 많이 써야 해. 비록 내가 서원을 폐쇄했지만 서원은 최소한의 원규를 지키기만 하면 비교적 생활이 자유로웠네. 대학은 그런 서원을 대신하는 공교육의 최고봉이니만큼 학생들의 생활은 당연히 자유로워야 해."

4장

대진이 놀랐다.

"저희께서 그런 말씀을 하실 줄 몰랐습니다."

그러자 대원군이 싱긋이 웃었다.

"왜, 내가 서원을 강제로 철폐해서?"

"솔직히 그렇습니다."

대원군은 고개를 저었다.

"나는 서원 자체를 나쁘다고 보지는 않아. 내가 서원을 철폐시킨 것은 제도를 악용하는 자들의 비리와 만연한 학연을 뿌리 뽑기 위해서였어. 그러니만큼 대학은 군역을 기피하거나 학연만 만드는 장소가 되어서는 안 돼."

그때 대진이 돌연 아쉬운 표정을 지었다.

그 모습에 대원군이 의아해했다.

"왜, 내 말이 문제가 있을 것 같아?"

대진이 솔직하게 대답했다.

"어느 정도의 병역기피는 있을 것입니다. 그래서 대학의 유급이나 휴학을 세 번만 할 수 있게 규정한 것입니다. 그리고 아무리 노력해도 학연은 만들어질 수밖에 없을 것입니다."

대원군이 씁쓸해했다.

"학연은 어쩔 수 없다는 말이구나."

"저도 생기지 않기를 바라는 마음이 누구보다 큽니다. 그러나 학연은 필연으로 생겨나게 될 것입니다. 하지만 과거의 서원처럼 혈연보다 더 무서운 당파가 만들어지는 경우는 없을 것입니다."

대원군은 고개를 저었다.

"그래야겠지. 적어도 정실에 의한 학연으로 만들어지는 당파는 더 이상 없어져야지."

"앞으로는 철저한 시험에 입각해서 학생을 뽑게 됩니다. 그래서 정실은 개입되기 어려울 것입니다."

"대학교에서도 무관을 양성한다면서?"

"기존의 무관학교 출신으로는 장교 양성이 절대적으로 부족해집니다. 그래서 선제적으로 모든 대학에 무관 양성을 위한 학군사관 제도를 운용하게 됩니다."

"학군사관이라면 수업과 군사훈련을 병행시킨다는 건가?"

"그렇습니다. 학군사관이 되면 수업료가 면제됩니다. 아울러 소정의 장학금도 지급되고요. 그 대신 의무복무를 5년 해야 합니다."

"현역복무보다 2년이 더 길어지는구나."

"그렇습니다. 그런데 가정형편이 어려운 학생들이 의외로 많은 것 같습니다. 그렇다 보니 학군사관에 대한 관심이 아주 높다고 합니다."

대원군이 크게 고개를 끄덕였다.

"좋은 현상이다. 가정형편이 어려운 학생들이 학군사관에 지원해서라도 대학을 졸업하면 나라에 큰 도움이 될 거야."

"그리고 대한무역에서 장학제도를 대대적으로 시행할 예정입니다."

"고마운 일이구나."

잠시 후, 대원군이 최초의 대학 입학생들을 대상으로 축사를 했다. 대진은 대원군이 축사를 마칠 때까지 기다렸다가 함께 돌아왔다.

주일 영국공사 해리 파크스는 공사관 직원인 윌리엄 로빈슨과 차를 마시고 있었다. 윌리엄 로빈슨이 홍차에 설탕을 넣으면서 질문했다.

"공사님, 이곳 일본도 지내실 만한데 꼭 조선으로 가셔야겠습니까?"

"동아시아에서 내가 가 보지 못한 곳은 조선뿐이야. 더구나 초대 공사 자리인데 놓치고 싶은 생각은 없어."

"그렇다면 저도 데리고 가 주십시오."

그러자 해리 파크스가 난색을 보였다.

"자네가 가면 후임 공사가 업무를 파악하는 데 상당히 곤란을 겪잖아. 그런 사정을 알고 있는 내가 자네를 데리고 갈 수는 없네."

"그러면 후임 공사님께 업무 인수를 마치면 넘어갈 수 있게 해 주십시오."

"왜? 자네도 그렇게나 조선에 가 보고 싶어?"

"솔직히 너무도 궁금합니다. 일본과의 전쟁에서 승리하면서 군사력이 강력한 것은 충분히 알게 되었습니다. 그런데 제가 들은 소문에 따르면 조선에는 철도가 부설되었다고 하더군요."

"맞아. 나도 그 소문을 듣고 깜짝 놀랐어."

"예, 한두 해도 아니고 무려 6년 전부터 철도를 도입했다고 합니다. 그렇다는 것은 그동안 다른 부분에서도 개혁을 진행하고 있었다는 의미가 아닙니까?"

해리 파크스도 인정했다.

"그렇지. 나는 조선 왕실 특보가 기범선을 타고 왔을 때부터 많이 놀랐었지. 그것도 1천 톤이 넘는 기범선을 타고 온 것을 보고는 조선이 만만한 나라가 아닐 거라는 예상을 했지."

"저는 그때 본국에 있어서 사정을 잘 모릅니다."

"조선 왕실 특보가 찾아온 것은 조일전쟁 직전이었어. 그 왕실 특보가 영어를 너무도 잘하는 것을 보고도 무척 놀랐네."

윌리엄이 놀랐다.

"조선인이 영어를 잘했다고요?"

"그래, 그것도 어색하지 않을 정도로 너무도 능숙했어."

"놀라운 일이군요. 일본인들은 특유의 발음이 있어서 영어를 이상하게 구사하는데, 조선은 아닌가 봅니다."

해리 파크스가 고개를 저었다.

"전혀 달랐어. 우리 영국식이 아닌 미국식 발음이었지만 너무도 유창했지."

"미국인에게 영어를 배운 거로군요."

"그런 것 같아. 그것도 완전히 몸에 익을 정도로 오랫동안 영어를 익힌 게 분명해. 그런데 조선은 아직 개항도 하지 않은 나라잖아."

윌리엄이 의문을 가졌다.

"그러네요. 그들은 도대체 어디서 누구에게 영어를 배웠을까요?"

"그건 나도 모르지. 아! 그리고 몇 년 전부터 상해를 통해 다양한 교역을 하고 있다는 보고는 들어서 알고 있었지."

"그렇습니다. 그런데 조선에서 만든 천연두접종 시약과 진통 해열에 특효인 아스피린이란 약품에 대해서는 알고 계십니까?"

해리 파크스가 고개를 끄덕였다.

"물론이지. 작년에 본국에 갔을 때 천연두 접종을 받았네. 그리고 외무부로부터 아스피린도 한 통 선물로 받아 왔지."

"그런데 참 놀랍습니다."

"뭐가 놀라워?"

"개항도 하지 않은 나라가 철도를 도입하고 기범선을 운용합니다. 그리고 막강한 화력을 자랑하는 각종 화기도 생산하고 있고요. 더구나 유럽에도 없는 신약도 만들어 내지 않습니까?"

해리 파크스가 동조했다.

"맞아. 그래서 내가 조선 주재 초대 공사를 자원한 거야. 대체 어떤 나라이기에, 그렇게 대단한 신기술을 보유하고 있는지 말이야. 그리고 우리가 모르는 신기술을 얼마나 많이 보유하고 있는지도 정말 궁금하고."

"공사님은 조선 부임에 대한 기대감이 크신가 봅니다."

해리 파크스는 기대감을 숨기지 않았다.

"솔직히 그렇다네. 나는 평생 동아시아에서 외교관 생활을 해 왔어. 그래서 조선에 대해서도 누구보다 많이 안다고 자신했지. 그런데 이번 조일전쟁을 겪으면서 그런 자신감이 완전히 깨져 버렸다고 해도 과언이 아니야."

윌리엄도 격하게 공감했다.

"맞습니다. 저도 조선은 못사는 나라이고 미개한 나라라고만 알고 있었습니다. 그리고 지금까지 흘러나온 정보도 그랬고요. 그런데 이건 달라도 너무 다른 것 같습니다."

해리 파크스도 동조했다.

"나도 솔직히 그렇게만 생각하고 있어서 조선에 대한 기대감이 별로 없었어. 그랬는데 이번에 완전히 뒤집어진 거야. 마치 새로운 나라가 갑자기 나타난 것처럼 말이야."

윌리엄 로빈슨이 한숨을 내쉬었다.

"후! 공사님께서 그런 말씀을 하시니 저도 빨리 가 보고 싶습니다."

"기다려 봐. 곧 조선에서 정식 초청장이 올 거야. 그러면 내가 먼저 들어가서 자리를 잡아 놓을 터이니 자네는 후임 공사에게 업무를 잘 인수해 주고는 바로 넘어오도록 해."

"알겠습니다."

그리고 4월 초가 되었다.

해리 파크스는 평상시와 마찬가지로 집무실에서 업무를 보고 있었다. 윌리엄 로빈슨이 급히 집무실로 들어왔다.

"공사님, 드디어 조선에서 초청장이 도착했습니다."

"오! 그래?"

반가운 마음에 해리 파크스가 일어났다. 그리고는 윌리엄 로빈슨이 건네주는 봉투를 받아서 칼을 이용해 조심스럽게 개봉했다.

　봉투 안의 서류에는 조선의 외무대신 명의로 된 정식 초청장이 들어 있었다. 해리 파크스가 초청장을 정독하고는 감탄했다.

　"놀랍구나. 동양 국가인 조선에서 제대로 격식을 갖춘 영어로 된 초청장을 보내오다니 말이야."

　윌리엄 로빈슨이 확인했다.

　"옆에 쓰인 글은 조선의 언어인가 봅니다."

　"그래, 그들의 말로는 한글이라고 부른다고 하네."

　"언제까지 오라고 합니까?"

　"5월 중으로 만났으면 하니 바로 준비해서 출발해야겠어."

　"그러면 제가 나가서 준비하겠습니다."

　"부탁하네."

　그리고 며칠 후.

　해리 파크스는 장도에 올랐다. 이 여정에는 호위 무관 1명과 비서 1명이 대동했다.

　해리 파크스는 항구로 나가 다른 나라 상선을 타고 나가사키로 내려갔다. 그곳에서 영국 상선의 도움을 받아 다시 부산까지 올라왔다.

　부산항에 도착한 해리 파크스는 깜짝 놀랐다.

"아니, 이곳이 정녕 조선이란 말인가?"

부산항은 지난 몇 년 동안 대규모 항만 공사를 진행했다. 그 바람에 해리 파크스가 도착할 무렵에는 수천 톤의 선박이 몇 척이나 동시 접안해도 될 정도로 항만이 잘 정비되어 있었다.

동행한 호위 무관도 놀랐다.

"대단하군요. 동양 국가의 항구가 이토록 정비가 잘된 것은 처음 봅니다."

"그러게 말이야. 그리고 저기 좀 봐. 저렇게 큰 창고 시설은 우리 영국에도 흔치 않은데 이곳에서는 창고가 널려 있어. 항만도 엄청나게 넓고. 이 정도면 무역항으로 세계 어디에 내놔도 손색이 없을 것 같아."

"그러게 말입니다."

영국 선박이 도착하니 부산항의 관리가 몇 명의 병력과 함께 다가왔다. 그는 영국 선박이 내려 준 사다리를 타고 갑판에 올라갔다.

그러고는 능숙한 영어로 질문했다.

"영국에서 온 선박입니까?"

함장이 크게 놀라며 대답했다.

"그렇습니다. 본 함은 영국 선적으로 조선국 외무부의 초청을 받은 주일공사를 모시고 왔습니다."

세관원은 조금도 놀라지 않았다.

"그렇지 않아도 연락받고 기다리고 있었습니다. 어느 분이 공사님이시지요?"

해리 파크스가 한발 나섰다.

"내가 이번에 조선 주재 공사로 부임하게 된 해리 스미스 파크스요."

"잘 오셨습니다. 저는 부산세관의 관리인 마용성이라고 합니다."

마용성이 능숙하게 손을 내밀었다. 해리 파크스는 그런 모습에 내심 놀라면서 악수를 나누었다.

"동행하시는 분은 누구십니까?"

"여기 호위 무관과 비서 각 1명씩이오."

"그렇습니까? 그러면 세 분의 신분증과 초청장을 보여 주실 수 있겠습니까?"

해리 파크스가 먼저 초청장을 건넸다. 그러고는 각자의 신분증을 거둬서 넘겨주었다.

마용성은 신분증을 건네받았다. 그리고 신상명세를 작성하고는 초청장과 함께 돌려주었다.

"요구에 응해 주셔서 감사합니다. 바로 하선을 하실 것입니까? 아니면 쉬었다가 하선하실 것입니까?"

"바로 하선을 했으면 좋겠소이다."

"그러면 저를 따라 하선하시지요. 제가 기차역까지 안내를 하겠습니다."

"오! 이곳까지 철도가 개설되어 있소?"

"물론입니다. 이곳에서 한양까지 450여 킬로미터인데 2년 전 개통했습니다."

해리 파크스가 깜짝 놀랐다.

"귀국에서 도량형을 미터법으로 쓰고 있소?"

"예, 금년부터 새로 도입되었습니다."

"놀라운 일이군요, 개항한 지 20년이 훨씬 넘은 일본도 이제 막 미터법을 도입했는데 조선은 벌써 도입을 했다니."

"가시지요. 제가 모시겠습니다."

"부탁드립니다."

마용성은 정중하지만 비굴하지 않게 해리 파크스를 안내했다. 부산항 광장을 가로지른 이들이 잠시 더 걷자 역이 나왔다.

해리 파크스는 역을 보고 또 놀랐다.

그런 모습을 본 마용성이 의아해했다.

"무엇을 보고 그렇게 놀라십니까?"

해리 파크스가 손을 들어 역을 가리켰다.

"역사가 저런 형태로 지어져 있을 줄은 몰랐소이다."

"아! 부산역이 석재와 붉은 벽돌로 지어져서 이상하다는 말씀이군요."

"그렇소이다. 저런 건축양식은 서양에서 사용하는 방식인데 개항도 하지 않은 조선에서 볼 줄은 몰랐소이다. 더구나 건물의 크기도 저처럼 큰 것도 의외이고요."

마용성이 미소를 지었다.

"부산은 아직 미개발지나 마찬가지입니다. 그러나 방금 항구를 보신 것처럼 장차 조선의 관문이 될 도시입니다. 그래서 역사도 처음부터 거기에 걸맞게 지은 것으로 알고 있습니다."

"장래를 보고 크게 지었다는 말이군요."

"그렇습니다. 가시지요. 지금 가시면 기다리지 않고 바로 열차에 탑승하실 수 있을 것입니다."

마용성의 설명대로 역구내에는 기차가 기다리고 있었다. 마용성은 여객전무를 찾아가 해리 파크스에 대해 설명했다.

그러자 여객전무가 침대칸을 내주었다. 마용성이 해리 파크스를 객차까지 안내하고는 설명했다.

"이 열차는 야간열차여서 내일 아침에 한양에 도착합니다. 그리고 한양에 도착하시면 사람이 나와 있을 것입니다."

해리 파크스는 또 놀랐다.

"귀국에서 전신이 들어와 있습니까?"

"예, 지난해부터 전국 주요 도시에 보급되고 있습니다."

"그렇군요."

마용성이 인사했다.

"그럼 저는 그만 내려가 보겠습니다. 아! 그리고 저녁은 서양인의 주식인 빵을 준비하라고 했으니 그렇게 나올 것입니다."

"고맙소이다."

해리 파크스가 일본에서와 같이 약간의 뇌물을 주려고 했다. 그러자 마용성이 펄쩍 뛰며 손을 내저었다.

"절대 이러시면 아니 됩니다. 우리 조선에서는 아무리 작은 뇌물이라도 받으면 무조건 처벌을 받게 되어 있습니다."

"아! 그렇습니까?"

"예, 그러니 공사님의 마음만 받도록 하겠습니다. 그리고 한양에서도 이런 인사는 하지 않는 것이 좋습니다. 만일 인사하게 되면 받은 사람이 처벌받게 되니까요."

"좋은 정보 고맙습니다."

마용성이 인사하고는 객실을 나갔다. 그가 나가자 호위 무관이 고개를 서었다.

"놀랍습니다. 동양에서 이런 나라가 있을 줄은 정말 몰랐습니다."

"그러게 말이야. 일본도 그렇지만 청국도 팁을 주면 고맙다고 허리를 접는데, 놀라운 일이야."

"하여튼 나쁘지 않은 경험입니다."

"그래, 앞으로 무슨 일이 벌어지게 될지 정말 기대가 돼."

곧이어 기적과 함께 열차가 출발했다.

부산을 출발한 열차는 밤새 달려 다음 날 아침 한양에 도착했다. 기차가 정차하자 해리 파크스는 내릴 준비를 했다.

똑! 똑!

"들어오시오."

문이 열리자 낯익은 사람이 있었다.

"오! 이 특보가 아니오?"

"어서 오십시오. 공사님이 부산을 출발했다는 연락을 받고 기다리고 있었습니다."

해리 파크스가 크게 웃었다.

"하하하! 고맙습니다. 처음 오는 나라에서 누가 기다리고 있을지 참으로 궁금했습니다."

대진이 동행한 병사들에게 이들의 짐을 먼저 내리게 했다. 그 뒤를 따라 대진과 해리 파크스 일행이 기차에서 내렸다.

해리 파크스가 역구내와 역사를 둘러봤다. 그는 한양역의 규모를 보면서 놀라워했다.

"대단한 규모군요. 이 정도면 유럽의 어느 역사에 버금갈 정도입니다."

대진이 설명했다.

"이 역은 조선철도의 중심입니다. 그래서 다른 역보다는 규모가 클 수밖에 없지요."

"조선에 철도가 많이 부설되었나 봅니다."

대진이 간략하게 철도에 대해 소개했다. 설명을 들은 해리 파크스는 다시 놀랐다.

"대단하군요. 불과 6년 만에 그렇게 많은 노선을 부설하다니요."

"모든 국민이 일치단결한 결과이지요. 가시지요. 마차가 대기하고 있습니다."

"감사합니다."

이들이 역사를 빠져나오자 2대의 마차가 대기하고 있었다. 대진은 앞 마차에 해리 파크스와 함께 탑승했다.

마차가 출발하자 해리 파크스는 바로 이상한 점을 느꼈다. 그는 이곳저곳을 살펴보며 고개를 갸웃거렸다.

대진이 의아해했다.

"무엇이 잘못되었습니까?"

"아니요. 마차를 탔는데 이상할 정도로 울림이 전혀 없어서요. 혹시 무슨 장치라도 한 겁니까?"

"그렇습니다. 우리나라의 마차에는 다 현가장치를 부착하고 있습니다."

해리 파크스의 눈이 휘둥그레졌다.

"현가장치라고요?"

"예, 마차바퀴의 진동을 없애 주는 장치이지요. 그런데 이 장치는 이미 몇 년 전에 유럽 전역에 특허를 등록해서 상당한 수익을 거두고 있는데, 모르셨습니까?"

해리 파크스는 고개를 저었다.

"제가 거의 일본에만 머무르고 있어서 몰랐습니다."

"그렇군요. 이 현가장치는 비단 마차뿐만 아니라 기차의 객차에도 설치되어 있습니다."

해리 파크스가 감탄했다.

"아! 그래서 기차를 타고 올 때 유럽에서보다 진동이 많이 느껴지지 않았던 거군요."

"그렇습니다."

잠시 후.

마차가 광화문 앞에 도착했다.

"내리시지요. 왕궁에 도착했습니다."

해리 파크스가 마차에 내려 몸을 돌리다가 크게 놀랐다. 그가 바라보는 육조거리에는 놀라운 광경이 펼쳐져 있었기 때문이다.

"오오! 대단합니다. 이 거리는 마치 서양의 대도시에 온 것 같습니다."

"이 거리는 우리 조선의 관가입니다. 보시는 도로의 좌우에 늘어서 있는 건물은 전부 중앙부서입니다."

"영국도 관공서가 밀집해 있는데, 여기도 그렇군요."

"아무래도 업무 효율을 위해서는 관청이 밀집해 있는 것이 좋지요."

"맞는 말씀입니다."

"가시지요. 국왕 전하께서 기다리고 계십니다."

해리 파크스가 몸을 돌렸다. 그 순간 엄청난 크기의 광화문과 그 너머의 별궁 건물이 눈에 들어왔다.

해리 파크스가 별궁을 보며 감탄했다.

"대단히 아름다운 궁전이군요."

"몇 년 전 새로 지은 궁전이지요."

대진은 해리 파크스를 별궁으로 안내했다. 걸음을 걸으며 대진이 의례에 대해 주의를 주었다.

"우리 조선도 본래는 청국과 일본처럼 절을 했습니다. 그러나 이제는 그런 의전은 하지 않고 서양식 예절로 바뀌었습니다."

"그러면 모자를 벗고 한쪽 무릎을 꿇으면 되겠습니까?"

"예, 처음이니 그렇게 하시면 됩니다. 그러나 다음부터는 모자를 벗고 정중히 몸을 숙이기만 해도 됩니다."

해리 파크스가 감탄했다.

"아주 간소화되었군요. 제가 청국에 있을 때는 황제를 접견할 때 아주 곤혹스러웠습니다. 그래서 되도록 황제를 만나지 않으려고 했지요."

"그러셨을 겁니다."

별궁 2층 편전에 도착했다.

대기하고 있던 내관이 급히 안으로 들어갔다.

"전하! 이 특별보좌관이 외국 인사와 함께 들었사옵니다."

"들라 하라!"

"안으로 드시지요."

대진이 안으로 들어갔다. 편전에는 대원군과 수상, 그리고 외무대신이 기다리고 있었다.

"전하! 주일 영국공사께서 내방하셨습니다."

해리 파크스가 앞으로 나왔다. 그런 그는 모자를 벗고서 한쪽 무릎을 꿇고 인사했다.

"처음 뵙겠습니다. 영국에서 온 해리 스미스 파크스라고 합니다."

그가 정중히 고개를 숙였다.

국왕이 손을 들었다.

"그만 일어나시오."

"감사합니다."

일어난 해리 파크스가 가져온 서류를 제출했다.

"본국의 빅토리아 여왕 폐하께서 직접 날인하신 인사장입니다."

대진이 서류를 받아 국왕에게 바쳤다.

영문으로 된 서류여서 국왕이 일견을 하고는 대진에게 넘겨주었다. 대진이 그것을 받아 내용을 천천히 읽어 주었다.

국왕이 고개를 끄덕였다.

"과인은 양국이 영원히 우호 친선을 유지해 나가기를 바랍니다."

해리 파크스가 고개를 숙였다.

"국왕 전하의 바람대로 양국은 언제까지라도 가깝게 지낼 것입니다."

국왕이 대진을 바라봤다.

"수교 협상에 이 특보도 참여하실 거지요?"

"그렇습니다."

"좋은 결말을 맺기를 바랍니다."

"상호 호혜 평등에 입각해 수교할 수 있도록 최선을 다하겠습니다."

"기대하고 있겠습니다."

국왕은 이후 해리 파크스에게 몇 마디 덕담을 해 주었다. 해리 파크스도 거기에 맞춰 의례적인 인사를 했다.

해리 파크스는 대기하고 있던 대원군과 수상, 그리고 외무대신과도 인사를 나누었다. 대진은 모든 사람과 인사를 마친 해리 파크스를 데리고 편전을 나왔다.

다시 마차를 탄 두 사람은 도성을 나와 이태원까지 내려왔다. 관리들의 숙소인 이태원에는 마군을 위해 2층으로 된 양관이 지어져 있었다.

대진이 방을 잡아 주며 설명했다.

"당분간 이곳에서 지내셔야 할 것입니다."

이어서 이태원의 직원이 화장실의 사용 요령에 대해 설명했다. 대진의 설명을 들은 해리 파크스가 감탄했다.

"놀랍군요. 이런 수세식 시설은 우리 유럽에서도 찾아보기 어렵습니다."

"이곳은 양식도 나오는 식당이 있어서 지내시기에 불편하지는 않을 겁니다."

"감사합니다."

대진이 인사했다.

"그러면 오늘은 여기서 쉬시지요. 저는 돌아갔다가 내일 다시 찾아오겠습니다."

"알겠습니다. 그런데 통역을 구하려면 어떻게 해야 합니까? 통역사에 대한 비용은 제가 지불하겠습니다."

"알겠습니다. 제가 프런트에 이야기해서 통역사를 대기시키도록 하지요."

"부탁드립니다."

대진이 돌아가자 전속 무관이 소파에 앉았다.

"내일 있을 수교 협상이 쉽지 않을 것 같습니다."

해리 파크스도 앉으며 동조했다.

"그러게 말이야."

"청국이나 일본처럼 조계지를 얻는 것은 어렵겠지요?"

해리 파크스가 고개를 저었다.

"어려워. 아니, 조계지라는 말 자체도 꺼내지 못할 것 같아."

"저도 쉽게 볼 나라가 아니라는 생각이 들었습니다."

"그래, 이번 수교 협상은 정상대로 진행하는 게 맞는 것 같아."

"그래도 최초 수교의 영광은 공사님이 가지시지 않겠습니까?"

그 말에 해리 파크스가 미소를 지었다.

"그건 그렇지. 조선과의 수교는 그 영광을 얻는 것에 의의를 둬야 할 것 같아."

다음 날.
수교 협상이 진행되었다.
대진이 주도하는 수교 협상은 해리 파크스의 예상대로 조계지는 언감생심이었다. 그렇다 보니 협상은 의외로 쉽고 간단하게 끝났다.
펑!
협정문은 외무대신과 해리 파크스가 양국 국왕을 대신해 날인했다. 협정문을 교차 날인하자 대기하고 있던 사진사가 기념사진을 찍었다.
대진이 일어났다.
"공관 부지를 보러 가지시오?"
해리 파크스가 놀랐다.
"공관 부지를 우리가 얻는 것이 아니라 귀국이 제공을 한다고요?"
"본국은 앞으로 수교할 국가의 공관 부지를 일정한 곳에 배치해 놓았습니다. 그래서 먼저 수교를 맺는 순서대로 공관의 위치를 정하시면 됩니다."
"위치가 수도에서 멉니까?"
"아닙니다. 숙소로 사용하고 있는 이태원보다 가깝습니다."

해리 파크스가 반색했다. 일본에서는 요코하마에 공사관
이 있어서 도쿄를 오갈 때는 언제나 불편했기 때문이다.

"아! 그렇다면 다행이군요."

대진이 공관 부지로 넘어갔다.

공관 부지는 용산과 숭례문 중간에 마련되어 있었다. 해리
파크스는 깨끗하게 정리된 부지를 보며 고개를 끄덕였다.

"이곳이라면 공사관이 들어설 부지로는 적당하군요."

대진이 설명했다.

"상하수도를 비롯한 기반 시설까지 마무리되어 있어서 바
로 공사를 시작하시면 될 겁니다."

"그런데 당장 업무를 볼 공간이 없어서 아쉽군요."

해리 파크스가 주변을 둘러봤다.

"민가를 매입해서라도 임시 공관을 만들어야겠군요."

"그렇게 하지 않으셔도 됩니다. 다른 나라도 아닌 영국이
니만큼 이태원의 숙소에다 임시 사무실을 마련해 드리겠습
니다."

해리 파크스가 흡족한 미소를 지었다.

"그렇게 배려해 주신다면 더없이 고마운 일이지요."

그런데 이때였다.

한양을 들어가기 위해 용산을 출발한 손인석의 전용 차가
지나갔다. 트럭을 개조해 만든 전용 차는 육중해서 한눈에
봐도 웅장했다.

해리 파크스는 자동차가 처음이었다. 그렇다 보니 자동차가 나타날 때부터 눈을 떼지 못했다.

그의 목소리가 높아졌다.

"아니, 저게 무엇입니까? 대체 무엇이기에 말도 없이 움직일 수 있단 말입니까?"

대진이 빙긋이 웃었다.

"해리 파크스 공사님께서는 혹시 자동차에 대해 알고 계십니까?"

"기관으로 구동하는, 말이 필요 없는 차라는 말은 들었습니다. 설마, 저 물체가 자동차라는 말씀입니까?"

"그렇습니다. 본국에서 만든 최초의 자동차 중 하나입니다."

해리 파크스의 턱이 떨어졌다. 그는 놀라 한동안 벌어진 입을 다물지 못했다.

"……놀라운 일이군요. 유럽에도 이제 막 개념 정도가 정립되고 있는 자동차가 조선에서는 실제로 구동되고 있다니요."

"시제품에 불과합니다. 양산을 하려면 앞으로 몇 년은 더 있어야 합니다."

해리 파크스의 눈이 더 커졌다.

"양산 준비를 하고 있다는 말씀입니까?"

"그렇습니다."

대진이 상황을 적절히 설명했다.

"지금 저 자동차는 손볼 곳이 한두 군데가 아닙니다. 그래서 불특정 다수가 사용하기 위해서는 아직도 많은 연구가 필요합니다. 아마도 2~3년 후면 양산될 수 있을 것입니다."

"증기로 구동하는 것은 아니지요?"

"물론입니다. 공사님께서는 가솔린이란 기름을 아시는지요?"

"원유에서 추출하는 기름이라는 정도는 알고 있습니다."

"맞습니다. 원유에서는 몇 종류의 기름을 만들어 낼 수 있지요. 그중 가솔린은 가장 가벼운 물질로 몇 가지 첨가제를 넣어서 만들어 냅니다. 저 자동차의 원료가 바로 그 가솔린입니다."

"그러면 귀국에는 원유에서 가솔린도 만들어 내는 기술이 있다는 말씀이군요."

"예, 그렇습니다."

해리 파크스가 고개를 저었다.

"놀랍군요. 조선에 온 지 겨우 하루인데 생전 처음 보는 물건들이 도처에 널려 있습니다."

대진이 자신 있게 설명했다.

"우리는 개혁 개방에 많은 노력을 기울이고 있습니다. 공사님께서 주재하신다면 다른 나라에서 보지 못하는 다양한 물건들을 많이 목격하시게 될 것입니다."

"기대됩니다."

해리 파크스가 손을 내밀었다.

"앞으로도 많이 도와주십시오."

대진이 화답했다.

"도와드릴 수 있는 부분은 최선을 다해 도와드리겠습니다."

악수를 마친 해리 파크스는 다시 자동차가 있는 곳으로 시선을 돌렸다. 그러고는 자동차가 보이지 않을 때까지 계속 그 자리에 서 있었다.

조선은 이후 독일, 러시아, 네덜란드, 스페인 등과 연이어 수교 협상을 체결했다. 하지만 이렇듯 연속으로 수교 협상을 체결하면서도 프랑스와 미국에는 전혀 접촉하지 않았다.

미국은 대진과의 사전 접촉을 통해 조선의 요구 사항을 알았다. 하지만 자신들의 잘못도 있고 해서 결코 서두르려 하지 않았다.

그러나 프랑스는 달랐다.

유난히 자존심이 강한 프랑스로서는 이를 굴욕이라 생각했다. 그래서 어떻게 해서든 지금의 상황을 타개할 방법을 생각하기 시작했다.

퐁디셰리는 인도의 남동부 해안에 위치해 있다. 퐁디셰리는 플라시전투에서 패한 프랑스의 얼마 남지 않은 인도 대륙 식민지다.

퐁디셰리는 프랑스 태평양함대의 모항이어서 대형 함정과 작은 함정이 정박해 있었다. 프랑스 태평양함대 사령관 피에르 제독은 일본에서 날아온 보고서를 보고는 분통을 터트렸다.

"이게 대체 뭐야. 조선이 1866년에 벌어진 전투에 대해 배상을 하라니?"

세실 부관이 부언했다.

"그뿐만 아니라 당시 수집했던 도서와 열아홉 상자의 은괴도 돌려 달라고 합니다."

피에르 제독이 딱 잘랐다.

"말도 안 되는 소리. 우리 프랑스는 그동안 수집한 물건을 돌려준 경우는 단 한 번도 없었어."

세실 부관도 동조했다.

"맞는 말씀입니다. 만일 그런 일이 발생한다면 루브르 박물관이 소장한 유물의 절반 이상이 없어질 것입니다."

"맞는 말이야."

"그런데도 조선은 유물을 돌려주지 않는다면 본국과 수교하지 않겠다는 말을 했다고 합니다. 이는 본국에 대한 명백한 협박이라 할 수 있는 망발입니다."

"으음!"

"사령관님, 이대로 묵과할 수는 없습니다. 우리가 이 문제를 그냥 넘긴다면 조선은 우리 프랑스를 얼마나 낮잡아 보겠습니까?"

"우리가 어떻게 할 명분이 없잖아?"

"명분은 만들면 됩니다. 아니, 조선이 이런 말을 했다는 자체가 우리 프랑스를 무시한 행위이지 않습니까?"

"귀관은 우리 함대로 조선을 공격이라도 하자는 거야?"

"당장 할 수는 없지요. 그러나 함대를 이끌고 가서 저들의 사과 정도는 받아 낼 수 있지 않겠습니까? 그리고 저들이 사과하지 않는다면 일정 지역을 정해서 초토화해 버릴 수도 있고요."

"그렇게 되면 조선과의 수교는 물 건너간 거나 마찬가지가 돼."

세실 부관이 콧소리를 냈다.

"흥! 그깟 조선과 수교하지 않으면 또 어떻습니까? 지금은 우리의 구겨진 자존심을 회복하는 것이 우선입니다."

피에르 제독은 한동안 고심했다.

"……우리 임의로 함대를 운용할 수는 없다. 그러니 우선은 본국에 먼저 상황을 전하고 명령을 받도록 하자."

"보고서는 제가 작성을 하겠습니다."

"그렇게 하라."

세실 부관이 보고서를 작성했다.

보고서는 그의 성향에 맞게 조선에 아주 좋지 않은 방향으로 작성되었다. 보고서를 받은 프랑스 본국은 즉각 함대 파견 등의 명령을 하달했다.

세실 부관이 희희낙락해서 보고했다.

"제독님, 본국에서의 명령이 내려왔습니다."

피에르 제독이 전문을 받아 읽고는 침음했다.

"으음! 본국도 우리 함대를 파견해서 결판을 보라고 결정했구나.”

“그렇습니다. 동양의 일개 국가입니다. 청국도 감히 못 하는 요구를 하고 있으니 본국에서도 묵과하지 못한 것이 분명합니다.”

“좋아! 본국이 지시했으니 가만있을 수는 없지. 이보게, 부관.”

“예, 제독님.”

“해병대사령관에게 연락해 파병을 준비하라 이르게.”

세실 부관의 눈이 커졌다.

“해병대도 동행시키려는 것입니까?”

“그래, 과거 로즈 제독이 조선을 찾았을 때 해병대 병력을 너무 적게 데려갔어. 그래서 제대로 병력을 운용해 보지도 못하고 철수했잖아. 이번에는 그런 우를 범하면 안 돼.”

세실 부관이 격하게 공감했다.

“맞는 말씀입니다. 기왕이면 대규모 병력과 동행하는 것이 만일의 사태에 대비할 수 있어서 좋습니다.”

“그래, 그러니 이번에는 여단 병력 전부를 동행시키도록 하자.”

“그렇게 하려면 우리 함대의 모든 함정이 출정해야 합니다.”

피에르 제독이 자리에서 일어났다.

그리고 창으로 다가가 창문을 활짝 열었다. 순간 후끈한 바닷바람이 몰아쳐 들어왔다. 제독은 바람을 온몸으로 맞으며 결의를 보였다.

"기왕에 출정하는 거라면 확실하게 우리의 위상을 각인시키는 것이 좋아. 조선이 그런 우리의 위상을 보고 알아서 고개를 숙이면 좋겠지. 그러나 이전처럼 끝까지 버틴다면 이번에는 수도를 완전히 초토화해 버려야겠어."

"현명한 결정이십니다."

"부관은 나가서 나의 생각을 해병대사령관에게 즉각 전하도록 하게."

"예, 알겠습니다."

이때부터 항구가 부산해졌다.

최종수 중령은 신채호의 함장이다.

처음 조선에 왔을 때 최종수는 신채호의 부장이었다. 그리다 세월이 지나면서 이제는 신채호의 최고 지휘관이 되었다.

그동안 몇 번의 해전에 참전했다. 그리고 십여 차례 사략작전에서 좋은 활동을 보이면서 가장 빨리 중령으로 승진해 신채호의 함장이 되었다.

3척의 잠수함전대는 지난해 연말부터 교대로 인도양에 진출해 있었다. 그리고 항상 퐁디셰리를 경계하면서 프랑스 함대의 움직임을 살펴 왔다.

그러나 아쉽게 프랑스 함대의 이동은 해가 바뀌어도 거의 없었다. 있어 봐야 1~2척 정도가 항해하러 나갔으며 그조차도 소형 선박이 고작이었다.

조선 수군은 프랑스에 결정적 타격을 주려고 기회를 엿보고 있었다. 그런 조선 수군에게 이 정도의 함대 이동은 눈에 차지 않았다.

신채호도 지난달부터 인도양에 진출해 퐁디셰리를 주시해 오고 있었다. 그러나 말뚝을 박아 놓은 듯 프랑스 태평양함대는 조금의 움직임도 없었다.

그 바람에 신채호는 지금까지 거의 개점휴업 상태를 유지해 오고 있었다. 그런데 돌연 프랑스 태평양함대에서 변화가 감지되었다.

"함장님! 퐁디셰리의 움직임이 이상합니다."

낚시를 하는 것도 지겨워서 낮잠을 즐기던 최종수에게 부장이 급히 보고했다. 누워 있던 최종수가 벌떡 일어났다.

"그래?"

"예, 갑자기 항구로 병력이 이동하고 각종 군수물자를 선적하고 있습니다."

최종수가 급히 해치로 올라갔다. 그리고 망원경으로 항구 방면을 살피던 최종수가 주먹을 움켜쥐었다.

"좋았어. 프랑스 함대가 대규모로 이동하려는 것 같다. 부장은 모든 승조원들을 점검해 언제라도 기동할 수 있도록 준비 태세를 점검하라."

"예, 알겠습니다."

삐! 삐!

잠함 내부에서 비상벨이 울렸다. 그것을 신호로 늘어져 있던 승조원들의 긴장감이 일제히 당겨졌다.

프랑스 태평양함대의 출항은 바로 이뤄지지 않았다. 여단 병력을 승선시켜야 했기에 준비할 것도 많고 선적해야 할 군수품도 상당했기 때문이다.

그렇게 며칠이 지났다.

신채호의 승조원은 시간이 지나면서 차츰 지쳐 갔다. 최종수도 긴장이 풀려 가는 승조원을 보면서도 바로 다잡지 않았다.

긴장감이 너무 오래 지속되면 오히려 전투력을 갉아먹는다. 최종수는 이런 사실을 사략작전에 참여하면서 직접 경험했다.

최종수는 그런 자신의 경험을 실전에 적극 활용하고 있었다. 그래서 시간이 지나면서 비상 상황의 경계를 한 단계 낮춰 주었다. 덕분에 장병들은 한결 편한 상태로 근무에 임하고 있었다.

그런데 이때.

음탐장이 갑자기 소리쳤다.

"함장님, 미확인물체가 다가오고 있습니다!"

최종수가 급히 소나로 다가갔다. 소나의 신호를 살펴보던 최종수가 확인했다.

"음문 확인해 봤어? 우리 잠함 아냐?"

"분석 중입니다."

곧이어 보고가 다시 접수되었다.

"음문 분석 결과, 잠함 안무입니다."

"좋아! 신호를 개방하고 통신을 열도록 해."

그리고 잠시 후.

"함장님, 안무에서 통신이 들어왔습니다."

"연결하도록 해."

최종수가 마이크를 들었다.

"여기는 신채호, 안무 받아라."

─여기는 안무, 반갑습니다. 함장님.

"이철용 함장인가?"

─그렇습니다. 헌데 날짜가 지났는데도 어떻게 귀환하지 않는 것입니까? 무슨 일이 발생했습니까?

"아! 지금 퐁디셰리의 움직임이 포착되었다."

최종수가 그간의 상황을 설명했다. 설명을 들은 이철용이 바로 제안을 했다.

─선배님. 그러면 우리와 함께 작전을 펼치시지요?

"좋아. 그렇게 하자."

몇 시간 후.

잠함 안무가 잠함 신채호의 옆으로 다가왔다. 양측은 통신으로 서로의 안부를 확인하고는 대기 상태에 들어갔다.

프랑스 태평양함대가 기동한 것은 준비를 시작하고 10여 일 만이었다. 함대사령관 피에르 제독이 기함에 직접 승선해 함대를 지휘했다.

"부관 전 함대에 출항을 알리도록 하게."

"예, 제독님."

기함의 공무니에 깃발이 걸렸다. 그와 동시에 수기신호가 기함으로부터 각 함에 전달되었다.

빵!

철컹! 쫘르르!

기적이 울리면서 7,000톤급의 기함의 닻이 힘차게 올려졌다. 그와 동시에 연돌에서는 시꺼먼 연기가 솟구쳐 올랐다.

그렇게 준비를 마친 기함이 먼저 천천히 선착장을 빠져나 갔다. 그런 기함의 뒤를 이어 다른 함정들도 하나둘 항구를 빠져나갔다.

프랑스 태평양함대가 모항을 모두 빠져나오는 데에도 상당한 시간이 걸렸다. 그렇게 모항을 빠져나온 함대는 진영을 구축하고는 동진하기 시작했다.

–잠함 신채호가 이동을 시작한다.

–잠함 안무도 이동을 시작합니다.

2척의 잠수함은 프랑스 태평양함대의 정면에서 적당한 거리를 유지하며 이동했다. 프랑스 태평양함대는 이런 잠함의 움직임은 꿈에도 모르고 동쪽으로 항진했다.

5장

　프랑스의 태평양함대는 9척의 전함과 5척의 수송선으로
구성되어 있었다. 이 중 기함은 7,000톤급이었으며 5,000톤
급이 2척이었고 다른 4척은 2,000~3,000톤급이었다.

　함대의 모든 전력이 출동한 것이다.

　태평양함대 사령관 피에르 제독은 자신의 함대를 흐뭇하
게 바라봤다. 그러자 그의 옆에 있던 부관 세실이 제독의 마
음을 알고는 슬쩍 거들었다.

　"대단합니다. 우리 태평양함대가 이렇게 모두 총출동한
경우는 이번이 처음입니다."

　"맞아. 우리 함대가 한꺼번에 출항한 적이 없었어. 이 정
도면 영국 함대와 맞싸워도 결코 뒤떨어지지 않아."

"그럼요. 우리 기함의 주포 한 발이면 영국의 함대를 단번에 박살 낼 수 있을 것입니다."

피에르 제독이 호탕하게 웃었다.

"하하하! 당연하지. 우리 기함의 주포면 1만 톤급도 능히 대적이 가능하지."

"예, 온 바다에 우리 함대뿐입니다."

두 사람이 서로를 보며 호탕하게 웃었다. 그런 두 사람의 옆에 있던 기함의 함장도 크게 고개를 끄덕이며 동조했다.

조선 수군의 잠수함은 이런 프랑스 태평양함대를 이틀 동안 은밀하게 따라붙었다. 그럼에도 프랑스 태평양함대는 조선 수군의 잠수함이 따라오고 있음을 전혀 눈치채지 못했다.

그렇게 인도양의 중간 정도에 도달했을 무렵, 잠함 신채호의 함장이 먼저 연락했다.

─여기는 신채호, 안무 나와라.

─예, 안무입니다.

─지금부터 공략을 시작해야겠다. 이 함장의 생각은 어때?

─저는 좋습니다. 그런데 나포는 어렵겠지요?

─물론이지. 특전대원도 없고 나포를 한다고 해도 적함을 인도할 병력도 없으니 당연히 수장시켜야지.

─아깝습니다. 기함이 7,000톤급이고 다른 함정도 2,000~5,000톤급인데요.

─아쉬움을 버려. 여기는 우리 안마당이 아닌 인도양이야.

-알겠습니다. 그러면 적함의 식별번호를 불러 주십시오.

최종수가 기함부터 번호를 매겨 가기 시작했다. 그렇게 모든 적함에 식별번호가 부여되자 최종수가 적함대의 기함을 먼저 짚었다.

-우리의 첫 표적은 식별번호 1번이다.

-공격에는 이번에 새롭게 개발된 무유도 어뢰를 사용하실 겁니까?

-아니야. 처음이니만큼 확실한 타격을 주기 위해 우리가 가져온 범상어 어뢰를 사용할 예정이다.

-알겠습니다. 그러면 저희는 대기하고 있겠습니다. 무운을 빕니다.

-고맙다.

교신을 마친 최종수가 소나로 다가갔다.

"적함과의 거리는 얼마이지?"

"50㎞입니다."

최종수가 부장에게 지시했다.

"부장, 10㎞까지 접근해서 어뢰를 발사한다."

부장이 대번에 걱정했다.

"너무 가깝지 않겠습니까?"

"괜찮아. 잠수함이 없는 시대에서 10㎞ 해저는 육안 식별이 불가능해. 저들이 우리가 해수면으로 이동한다 해도 2~3㎞까지는 다가가야 눈으로 확인이 가능해."

"알겠습니다."

함장의 지시를 받은 신채호가 속도를 높였다. 그렇게 30여

분이 흘렀을 때 음탐장이 보고했다.

"식별번호 1번까지의 거리 10㎞입니다."

"좋아. 1번 어뢰관에 범상어를 장착한다."

부장이 소리쳤다.

"1번 어뢰관에 범상어를 장착하라!"

잠시 후.

"장착이 완료되었습니다."

최종수가 확인했다.

"음탐장 어뢰의 능동 음향 장치에 이상은 없나?"

"예, 신호 잘 잡힙니다."

"좋아! 어뢰관 개방!"

"어뢰관을 개방했습니다."

최종수가 소리쳤다.

"목표물 식별번호 1번 확인!"

"목표물 확인되었습니다."

"발사!"

"발사!"

순간 약간의 진동과 함께 어뢰가 발사되었다. 최종수와 모든 승조원들의 시선이 소나로 집중했다.

신채호에서 발사된 어뢰는 40노트의 속도로 무섭게 돌진했다. 돌진하는 어뢰에는 능동형 음향기기가 부착되어 있어서 프랑스 태평양함대 기함에서 발생되는 음문을 정확히 추적하고 있었다.

최종수는 주먹을 움켜쥐고서 레이더를 눈도 깜빡이지 않고 지켜봤다. 그리고 얼마의 시간이 지났을 때였다.

쿵! 삐!

소나에 엄청난 진동파가 들려왔다. 헤드셋을 끼고 레이더를 조작하고 있던 음탐장은 황급히 헤드셋을 귀에서 뗐다.

퐁디셰리를 출발한 지 이틀째 되는 아침.

피에르 제독은 갑판에서 부관을 비롯한 기함의 함장과 정찬을 즐기고 있었다.

피에르 제독이 즐거워했다.

"하하하! 원정을 나선 사흘째 아침에 갑판에서 정찬을 즐기다니. 이거 아주 귀중한 경험을 하게 되었어. 초대해 주어서 고맙네, 함장."

"아닙니다. 이렇게 제독님과 아침을 함께할 수 있어서 오히려 영광입니다."

피에르 제독이 잔을 들었다.

"아무리 아침이지만 정찬에 포도주가 빠질 수는 없지. 자! 잔을 들어 입술부터 축이도록 하세."

"예, 제독님."

피에르 제독이 잔을 입에 가져가려 할 때였다.

꽝!

와장창!

엄청난 굉음과 함께 기함이 출렁였다. 그 여파로 갑판에 있던 사람이 나뒹굴면서 식탁이 완전히 뒤집어졌다.

피에르 제독은 의자에서 튕겨 갑판으로 떨어졌다. 그 바람에 잠깐 정신이 나갔던 피에르 제독이 소리쳤다.

"이게 대체 어떻게 된 일이야!"

누군가 소리쳤다.

"정체 모를 적이 어뢰로 공격했습니다! 그 바람에 선체 측면에 큰 구멍이 나서 배가 기울고 있습니다."

"뭐야!"

피에르 제독이 기울어지는 쪽으로 뛰어갔다. 그러고는 난간을 잡고 몸을 길게 뺐다. 그러자 측면에 커다랗게 뚫린 구멍이 눈에 들어왔다.

"아아! 이게 대체 어떻게 된 일이란 말인가? 주변에는 아무것도 없는 망망대해에 어뢰 공격이라니? 피해는 어느 정도인가?"

그런데 이때, 누군가 소리쳤다.

"어뢰가 또 옵니다!"

"뭐야?"

그 말에 피에르 제독이 놀라 전면을 바라봤다. 그러자 해수면을 따라 다가오는 어뢰가 눈에 들어왔다.

"아아! 이게 대체 어떻게 된 일인가? 아무도 없는 바다에서 어뢰라니!"

속수무책이었다. 아니, 적이 보이지 않은 상태에서는 어떠한 대비도 할 수가 없었다.

그럼에도 함장은 최선을 다했다.

"급속으로 좌현 변침을 실시하라!"

쫘르르!

조타수가 온 힘을 다해 조타기를 돌렸다. 그로 인해 기함의 선체는 급격히 한쪽으로 쏠렸다.

그런데 이게 문제였다.

물이 들어오고 있은 상황에서의 급속 변침이었다. 그러다 보니 기함의 선체가 원하는 방향대로 틀어지지 않았다.

그렇게 덜 틀어진 선체를 어뢰가 때렸다. 그런데 어뢰가 때린 부분이 바로 화약고였던 것이다.

꽝! 꽈꽝!

거대한 유폭이 발생했다.

피에르 제독은 난간을 잡고 있었다. 그런 제독를, 화약고가 폭발하면서 발생한 거대한 불길이 그대로 덮쳐 버렸다.

꽈꽝! 꽝!

기함은 몇 번이나 폭발했다. 그렇게 유폭을 일으킨 기함은 손쓸 방법도 없이 그대로 쪼개지면서 수장되었다.

이 상황을 지켜보던 안무가 소리쳤다.

–식별번호 1번이 거대한 유폭과 함께 굉침했습니다! 다음은 우리가 나서겠습니다. 우리도 범상어로 식별번호 2번을 공격하겠습니다.

–좋아! 무운을 빈다.

최종수가 소리쳤다.

"우리도 선체를 해수면까지 올린다! 트러스트를 개방하고 부상하라!"

잠수해 있던 신채호가 부상했다. 이러는 사이 안무가 어뢰를 발사했다.

그리고 잠시 후.

거대한 폭음과 함께 5,000톤급 전함이 정확히 피격되었다. 그런데 이번에는 제대로 타격을 입혔는지 바로 불길이 치솟으면서 급속히 기울었다.

망원경으로 그 장면을 확인한 최종수가 소리쳤다.

"식별번호 2번 피격 항해 능력 상실! 우리는 다음 목표인 식별번호 3번을 공격한다! 이번 어뢰는 무유도이니 어뢰를 2발 장착하라!"

"어뢰를 장착했습니다."

최종수가 잠함의 위치를 바로잡다가 소리쳤다.

"발사!"

마군이 조선에서 개발한 화기 중 어뢰도 있다. 그런데 전자 장비가 아직 개발되지 않은 상태여서 이 어뢰에는 아직 유도장치가 달려 있지 않았다.

그러나 최종수는 자신했다.

사거리도 몇 킬로미터밖에 떨어져 있지 않았으며 2발을 연속 발사했기 때문이다.

이런 최종수의 장담은 현실이 되었다.

꽝! 꽝!

2발의 어뢰는 정확히 목표물을 타격했다. 그렇게 공격을 받은 3번함은 곧바로 항해 능력을 상실하고는 한쪽으로 기울기 시작했다.

이어서 안무의 공격이 시작되었다. 그리고 안무의 공격도 정확히 성공해 네 번째 목표물을 완전히 두 쪽으로 박살 내 버렸다.

프랑스 태평양함대는 속수무책이었다. 적이 어느 곳에 있는지도 모르는 상태에서의 공세를 맞받아칠 방법조차 없었다.

하지만 망망대해다 보니 피할 곳이 마땅치 않았다.

그렇게 독 안의 든 쥐와 같은 프랑스 태평양함대를, 2척의 잠함은 차곡차곡 깨트려 갔다.

그러던 어느 순간.

프랑스 태평양함대를 따르던 수송함대가 문제가 발생한 사실을 알게 되었다. 그러자 수송함대는 자신들끼리 신호를 주고받고는 회항을 결정했다.

그러나 이런 시도는 신채호의 음탐장에게 바로 포착되었다.

"함장님, 수송선단이 선회하고 있습니다."

"이런, 도주하려고 하는구나."

최종수가 무전기를 들었다.

-안무 나와라. 여기는 신채호다.

-예, 말씀하십시오.

-적의 수송선단이 후퇴하려고 한다. 그래서 우리가 쫓으려고 하는데 남은 적선을 맡기고 가도 되겠지?

-물론입니다. 이제 3척 남았는데 이 정도는 혼자도 충분합니다.

-부탁한다. 유도어뢰가 아쉽지만 뭐하면 가져온 어뢰라도 사용해서 꼭 모두 잡길 바란다.

-예, 알겠습니다.

교신을 마친 최종수가 지시했다.

"도주하려는 적의 수송함대를 쫓는다. 전속으로 추격하기 위해 잠수해서 적을 쫓는다. 밸러스트를 채우고 잠수하라!"

신채호는 해수면에 있던 선체를 물밑으로 내려 잠수했다.

잠수함은 수상에서보다 수중에서 속도가 더 난다.

더구나 적을 걱정하지 않은 상황에서의 신채호는 20노트 이상의 속도를 낸다. 그 덕에 10노트의 속도로 도주하던 적의 수송선단의 꼬리를 바로잡을 수 있었다.

최종수가 지시했다.

"선두 함정을 따라잡을 때까지 계속 항진하라!"

지시를 받은 신채호는 그대로 전진했다. 그렇게 얼마를 항진하자 적선의 선두를 따라잡을 수 있었다.

최종수가 지시했다.

"적함을 바로 타격한다. 청상어를 장착하라."

신채호가 보유한 범상어는 중량이 1톤이 훌쩍 넘는 중어뢰다. 반면에 청상어는 경어뢰로, 무게가 300㎏ 남짓이다.

프랑스 수송함대의 규모는 2,000톤급이었다. 그래서 최종수는 경어뢰인 청상어를 사용한 것이다.

"발사!"

청상어가 수중에서 포말을 뿌리며 힘차게 날아갔다. 유도장치가 장착된 청상어는 수송함대의 선두 함정을 정확히 타격했다.

꽈광!

수송함대에는 프랑스 해병여단 병력과 수많은 군수품을 선적하고 있었다. 이런 함정이 어뢰 공격을 받게 되자 바로 동력을 상실했다.

최종수는 잠함의 선체를 수면으로 띄웠다. 그러고는 수송함대에 최대한 접근해서는 무유도 어뢰로 공격했다.

꽝! 꽈광!

1발 아니면 2발이면 족했다.

신형 폭약을 장착한 어뢰는 프랑스 수송함대에 지옥을 선사했다. 유폭이 발생해서 단번에 두 쪽으로 쪼개지기도 했으나 대부분의 함정은 동력을 상실한 채 침몰했다.

그리고 얼마 후.

바다에는 단 한 척도 남아 있지 않았다.

최종수는 바다를 살폈다.

바다에는 온갖 부유물이 떠다녔다. 그런 부유물에는 프랑스 선원이나 해병대원도 간간이 보였다.

사략작전이었다면 샅샅이 뒤지며 확인사살을 했을 것이다. 그러나 이번의 경우는 달라서 바다에 떠 있는 적을 그대로 놔뒀다.

부장이 궁금해했다.

"저대로 놔둬도 되겠습니까?"

"이번 해전은 프랑스에 경고하는 의미가 강해. 그러니 저들이 살아가서 사실을 전해 주어도 좋고 아니어도 좋아."

"돌아가서 무슨 말을 할까요?"

"뭐, 보이지 않는 적에게 공격을 당했다고 하겠지."

"그걸 사람들이 믿어 주겠습니까?"

최종수가 피식 웃었다.

"믿지 않으면 미신이 등장하겠지. 지난번처럼 세이렌이 폭탄을 쐈다는 소문이 난다든지 말이야."

"어뢰 공격을 받았다고 하면 달라지지 않을까요?"

"무엇이 되었든 프랑스로서는 난감할 거야. 잠수함은 아직 개념조차 없는 상황이니 말이야. 설령 잠수함을 안다고 해도 설마 하는 심정이겠지."

"지난 조일전쟁에서의 폭격처럼 말이지요."

"그렇지. 폭격도 수중 공격도 지금으로선 그게 가능하냐
는 의문이 먼저 따라붙잖아."

"그건 그렇습니다."

"자! 그만 안무에게로 가 보자. 어떻게 되었는지 너무 궁
금해."

"속도를 올리라고 하겠습니다."

"그렇게 해."

얼마 후.

이들은 안무와 만났다.

최종수가 교신했다.

─이 함장, 어떻게 되었어?

─모조리 격침시켰습니다.

─아직 떠 있는 배가 몇 척 있네?

─예, 그래서 어뢰 공격을 더 해야 하나, 아니면 수장될 때까지 기다려
야 하나 고민하던 중이었습니다."

─전부 격침시키도록 하자. 안무가 2척을 맡아. 나머지는 내가 맡을게.

─알겠습니다.

잠시 후.

이들은 각자가 전담한 프랑스 함정을 전부 수장시켰다. 그
렇게 모든 함대가 수장한 것을 확인한 2척의 잠함은 유유히
동쪽으로 항해해 나갔다.

프랑스 태평양함대의 전멸은 엄청난 이슈를 몰고 왔다.

몇 년 전부터 중국 주변 바다에서 수시로 함정이 사라지고 있던 상황이었다.

그것도 프랑스와 미국 선적이 대부분이다. 그 바람에 일부러 프랑스와 미국 국기를 내리고 항해하는 경우도 생겨나고 있었다.

그런데 이번에는 인도양이다.

그것도 프랑스 함대가 전멸했다.

대개의 해전에서 함대가 전멸하는 경우는 극히 드물다. 그것도 10척이 넘는 전함이 모조리 수장된 경우는 그 유례를 찾기 힘들었다.

그래서 더욱 이슈가 되었다.

그런데 놀랍게도 상대가 없었다.

인도양에서 겨우 살아남은 승조원의 증언에 따르면 바다에서 무언가가 공격했다고 한다. 일부 증언에서는 어뢰라는 말이 나오기도 했다.

그러나 이제 막 어뢰가 만들어지고 있는 상황이었다. 더구나 바닷속에서 어뢰로 공격을 할 만한 능력을 가진 나라는 아직 없었다.

그러자 조일전쟁에서의 폭격이 갑자기 이슈가 되었다. 그

러면서 혹시 하는 의심의 눈초리가 조선으로 쏠렸다. 조선이
프랑스에 병인양요에 대한 이의를 강력하게 제기했기 때문
이다.

그러나 의심은 의심일 뿐이었다.

조선이 조일전쟁을 통해 뛰어난 전투력을 보유했다는 사
실이 알려지기는 했다. 그러나 바닷속에서 공격할 정도의 전
력을 갖고 있다는 것을 누구도 믿으려 하지 않았다.

이즈음.

소식을 들은 주일 프랑스공사 레옹 로슈는 가만히 앉아 있
지 못하고 있었다. 대진으로부터 경고를 받은 당사자인 그는
반드시 조선에 인도양 사건의 진상을 확인하고 싶었다.

이 무렵 조선은 일본과 수교하면서 주일공사를 파견해 놓
고 있었다. 그러나 아직 공사관이 없어서 조선관 부지에다
공관을 건설하는 중이었다.

그래서 주일공사관은 민가를 얻어 임시 공관으로 사용하
고 있었다. 레옹 로슈는 그런 조선공사관을 찾은 것이다.

"어서 오십시오."

프랑스공사를 맞은 사람은 주일공사 박정양과 2등서기관
이상재였다. 박정양은 조선이 처음으로 해외에 주재시킨 외
국 공사였다.

박정양은 부임 전 몇 개월 동안 마군고문단의 도움으로 일
본의 현황을 숙지했다. 여기에 대진과 함께 조일전쟁에 참전했

던 이상재가 보좌하고 있어서 능숙하게 업무에 적응해 왔다.

그렇게 몇 개월 근무했음에도 프랑스공사는 단 한 번도 방문한 적이 없었다. 그래서 박정양과 이상재는 의외라는 표정을 지었다.

레옹 로슈가 헛기침했다.

"흠! 공관 공사는 잘 진행되고 있습니까?"

"예, 염려 덕분에 계획대로 진행되고 있습니다."

"조선은 좋겠습니다."

"무엇이 말입니까?"

"우리 프랑스는 언젠가는 조계지가 없어지게 됩니다. 그러면 공사관만 치외법권 지역으로 남지요. 그런데 조선은 엄청난 면적을 일본으로부터 400년 동안 조계지로 인정받았잖습니까?"

박정양이 고개를 저었다.

"우리는 조계지를 얻은 것이 아닙니다. 조선관은 우리가 먼저 일본에 제공한 부지와 권리를 그대로 돌려받은 것뿐이지요. 그리고 부지도 우리가 직접 매입한 것이어서 처음부터 본국의 소유가 되는 것이고요."

"그러면 이 넓은 부지를 전부 공사관으로 사용한단 말입니까?"

"당연히 아니지요. 이전부터 그래 왔지만 우리 조선과 일본은 앞으로도 지속적으로 교역을 이어 나갈 것입니다. 이 조선관은 그런 교역의 창구 역할을 할 것이고요."

박정양의 설명을 듣던 레옹 로슈는 슬쩍 본론을 꺼냈다.

"그렇군요. 헌데 조선공사께서는 이번에 인도양에서 벌어진 해전에 대해 아십니까?"

박정양이 고개를 갸웃했다.

"글쎄요. 저는 요즘 공관공사 때문에 다른 일은 신경을 쓰지 못하고 있어서요. 인도양에서 어느 나라끼리 전쟁이 벌어진 것입니까?"

레옹 로슈는 순간 당황했다.

박정양이 당연히 인도양 해전에 대해 알고 있을 거라 짐작하고 찾아왔다. 그런데 해전이 벌어진 것조차 모른다는 말에 갑자기 말이 궁색해졌다.

그렇다고 이미 꺼낸 말을 다시 주워 담을 수는 없었다. 그리고 언젠가는 알 일이었기에 그대로 설명해 주었다.

설명을 들은 박정양이 고개를 갸웃했다.

"이상한 일이군요. 대상이 없는 해전이 벌어졌다니요."

"예, 저도 그게 하도 이상해서 공사를 찾아온 것입니다. 혹시 들은 정보가 있지는 않을까 해서요."

박정양이 고개를 저었다.

"조금 전에도 말씀드렸지만 금시초문입니다. 그리고 우리 조선은 아직 인도양 국가와 수교한 적이 없습니다. 그래서 인도양에서 벌어진 해전을 제가 알 수 있는 방법이 없지요."

"그렇군요. 제가 공연한 질문을 드린 것 같습니다."

박정양이 질문했다.

"그런데 귀국은 본국의 제안을 아직도 수용하지 않으시는 겁니까?"

레옹 로슈가 불쾌한 표정을 지었다.

"이미 지난 일을 갖고 더 이상 왈가왈부하지 않았으면 좋겠습니다."

이상재가 바로 나섰다.

"기가 찬 일이군요. 귀국은 다른 나라가 침략해서 국가 재산을 약탈해 가도 아무 소리도 하지 않습니까?"

그 말에 레옹 로슈가 버럭 화를 냈다.

"누가 감히 우리 프랑스를 침략한단 말입니까? 세상에 우리 프랑스를 침략할 수 있는 나라가 어디 있다고 그런 말씀을 하시는 겁니까?"

이상재가 고개를 갸웃했다.

"이상한 일이군요. 과거 나폴레옹 시절 러시아가 프랑스 파리를 점령하지 않았습니까? 그리고 십몇 년 전에는 독일이 프랑스를 점령한 바람에 나폴레옹 3세가 퇴위를 했고요. 그런 명백한 사실이 있는데 없다는 말씀을 하다니요."

낱낱이 드러나는 과거사에 레옹 로슈의 얼굴이 붉어졌다.

"……."

이상재의 말이 이어졌다.

"더구나 그 두 전쟁은 다 귀국이 먼저 도발했다가 당한 일이었습니다. 그에 비하면 우리 조선은 귀국과 조금의 인연도 없었는데 무작정 침략해 온 것이니 더더욱 경우가 다르지 않습니까?"

"무작정이라니요. 귀국이 먼저 우리 프랑스 출신 신부들을 죽였지 않습니까? 우리는 그에 대한 책임을 물으려고 출동했던 것이고요."

"책임을 거론하니 잘되었군요. 본국은 분명 천주교의 포교를 금지했습니다. 그럼에도 선교회에서는 본국의 경고를 무시하고 선교사를 파견했지요. 명백한 잘잘못을 따지려면 선교회가 먼저 잘못한 것입니다. 그런데 그걸 왜 프랑스가 걸고넘어지는 것입니까?"

"걸고넘어지다니요. 우리 국민이 죽었는데 당연히 책임을 물어야지요."

"프랑스가 신부들을 파견을 보낸 것이 아니지 않습니까? 만일 프랑스가 파견을 보냈다면 종교를 앞세워서 강제 개항을 하려 한 정교일치의 아주 나쁜 사례이고요. 설마, 프랑스가 정교일치의 국가는 아니겠지요?"

프랑스는 종종 종교를 앞세워 미수교국을 공격하고는 했다. 그리고 월남을 비롯한 동양 국가에서 그런 의도가 몇 번 먹혔었다.

그래서 조선에도 그런 의도를 갖고 병력을 파견했는데 실패했다. 그러나 그와 같은 의도는 정교분리의 원칙에는 위배

되는 행위였다.

이상재는 대놓고 그 점을 지적한 것이다.

레옹 로슈가 버럭 화를 냈다.

"지금 무슨 말을 그리하십니까? 우리 프랑스는 엄연히 정교분리의 정치체제를 채택하고 있습니다."

"당연히 그러시겠지요. 선진국인 프랑스가 미개한 나라도 아니고 종교를 앞세워 남의 나라를 핍박하지는 않겠지요."

그러자 레옹 로슈의 답변이 궁색해졌다.

"끄응!"

박정양이 나섰다.

"그만하시지요. 귀국도 아직 생각할 시간이 더 필요한 것 같으니 그 문제는 다시 거론하기로 합시다. 그보다 이것을 받으시지요."

박정양이 포장된 물건을 내밀었다.

레옹 로슈의 눈이 커졌다.

"이게 무엇입니까?"

"이 물건은 이번에 본국에서 최초로 생산한 플라스틱 (Plastic)으로 만든 그릇입니다."

"플라스틱이라고요?"

"공사께서는 그리스 철학자 플라톤을 아실 것입니다."

"당연히 잘 알고 있지요."

"플라스틱은 플라톤이 공기, 물, 불과 달리 가장 쉽게 성형할 수 있는 흙이라고 했던 플라스티코스(Plastikos)에서 유래되었습니다. 그런 만큼 플라스틱은 성형이 쉬워서 각종 물건을 아주 편하게 만들 수 있지요."

레옹 로슈가 상자를 열었다. 그러자 그곳에는 형형색색의 그릇들이 들어 있었다.

"아름답군요."

"예, 성형도 쉽지만 보시는 대로 색상도 자유롭게 입힐 수가 있지요. 들어 보시지요."

"오! 아주 가볍습니다."

"도자기와는 비교할 수 없을 정도로 가벼울뿐더러 쉽게 깨지지도 않습니다."

박정양이 그릇을 몇 번이고 던졌다. 그럼에도 조금의 손상이 없자 레옹 로슈가 크게 놀랐다.

"대단한 물건이군요."

"이 플라스틱은 그릇만 만들 수 있는 것이 아닙니다. 그야말로 용도가 무궁무진하다고 할 수 있지요."

박정양이 플라스틱의 용도에 대해 설명했다. 레옹 로슈는 마치 맛있는 먹잇감을 본 사람처럼 몇 번이고 침을 삼키며 경청했다.

"……이뿐이 아닙니다. 내년에는 매독, 뇌수막염, 임질, 디프테리아 등 각종 병원의 특효약이 양산됩니다."

레옹 로슈가 깜짝 놀랐다.

"매독의 특효약 개발에 성공한다고요?"

"그렇습니다. 그리고 몇 가지 신약도 추가로 양산하게 되지요."

박정양은 준비하고 있는 각종 신제품에 대해 설명했다. 설명을 들은 레옹 로슈의 눈이 더없이 빛났다.

"정말 그 많은 신제품이 쏟아져 나온다는 말씀입니까?"

"그렇습니다. 그리고 가장 중요한 물건이 하나 더 있습니다. 2~3년 안에 이 물건이 나오면 아마도 세상이 바뀔 것입니다. 그리고 그 이전과 이후로 구분되겠지요."

"세상을 이전과 이후로 나눌 수 있는 물건이 나온다고요?"

"그렇습니다."

레옹 로슈가 침을 꿀꺽 삼켰다. 그리고 조심스럽게 질문했다.

"그게 대체 무슨 물건입니까?"

박정양이 잠깐 뜸을 들인 뒤 입을 열었다.

"혹시 자동차에 대해 잘 아십니까?"

"자동차요?"

"그렇습니다. 증기기관처럼 기관으로 구동하는 차를 말하지요."

"당연히 잘 알고 있지요. 증기기관으로 구동하는 차는 우리 프랑스에 있습니다."

"그렇다는 말은 들었습니다."

"그러셨군요. 증기기관으로 만든 버스가 10여 명의 사람을 태우고 노선 운행을 하지요. 그런데, 그런 자동차에 무슨 문제가 있습니까?"

"당연히 있지요. 우리 조선에서는 얼마 전에 내연기관을 만들어 냈습니다. 내연기관은 증기기관과 달리 연소실에서 연료와 공기를 연소시켜 동력을 얻지요. 그래서 기관의 규모도 획기적으로 줄어들 뿐만 아니라 힘이 좋아서 많은 사람을 한꺼번에 탑승시킬 수도 있지요."

박정양의 설명은 한동안 이어졌다. 레옹 로슈는 처음보다 눈을 더 크게 뜨고 경청했다.

"정녕 그렇게 획기적인 내연기관을 조선이 먼저 만들었다는 말입니까?"

"만들기만 한 것이 아니라 자동차까지 만들어서 운행하고 있습니다."

레옹 로슈가 고개를 저었다.

"놀랍군요. 지금까지 유럽 어느 국가에서도 제대로 된 내연기관 자동차를 만들지 못하고 있습니다. 그런데 내연기관을 이용한 자동차를 조선이 만들었을 줄은 몰랐습니다."

박정양이 한발 물러섰다.

"그런데 참으로 아쉽네요."

"무엇이 아쉽다는 말씀입니까?"

"우리 조선에 가면 왕실 어차를 비롯해 몇 대의 시범용으로 운행되는 자동차를 볼 수 있습니다. 만일 프랑스와 수교가 체결되었다면 그런 자동차를 직접 시승해 보실 수도 있었을 텐데 아쉽군요."

이상재가 거들었다.

"그뿐만 아니지요. 본국에서는 금년 하반기부터 신기술로 만든 다양한 제품이 쏟아져 나옵니다. 그런 신제품을 사용한다면 실생활에 혁명과 같은 변화가 시작될 것입니다."

그 말에 레옹 로슈 공사가 입맛을 다셨다.

"두 분 말씀대로 아쉽네요. 나도 누구 못지않게 신제품에 관심이 많은 사람인데, 그런 좋은 제품을 직접 볼 기회가 없군요."

박정양이 나서서 권유했다.

"공사님께서 생각을 조금만 바꾸시면 됩니다. 그것도 잘못된 사정을 바로잡으면 되는 일이지요."

"무엇을 바로잡으라는 말씀입니까?"

"귀국이 우리 조선을 침략한 행위는 명백히 불법입니다. 더구나 강화도성을 불태우고 무고한 주민을 죽인 행위도 그렇고요."

레옹 로슈의 안색이 붉어졌다.

"그 일을 다시 거론하는 겁니까?"

박정양의 말이 이어졌다.

"그리고 우리 조선 왕실의 귀중한 서적 등을 강탈해 간 행위는 있을 수 없는 일입니다. 그러니 원래대로 조치해 주세요. 주인이 약탈당한 물건을 되돌려 달라는 요청이 잘못된 것은 아니지 않습니까?"

대놓고 약탈 물건이라고 한다.

그럼에도 레옹 로슈 공사는 이전처럼 크게 반발하지 않았다. 반박할 말이 없어 한동안 입을 다물고 있던 그가 길게 한숨을 내쉬었다.

"후! 솔직히 그 부분에 대해서는 내가 어떻게 할 수 있다고는 말하기가 어렵습니다."

"정식으로 전쟁이 벌어진 것도 아닙니다. 그냥 몰려와서 무고한 양민과 우리 병사를 살상했습니다. 그러면서 무단으로 강화도성을 점령했고요."

이상재가 질문했다.

"선생에서 획득한 노획물도 상대국이 요청하면 돌려주어야 하는 거 아닌가요?"

레옹 로슈가 고개를 저었다.

"꼭 그렇지는 않지요. 노획물은 돌려주지 않아도 되는 것이 국제법상의 상례입니다."

"그러면 약탈 물건은요?"

"……."

레옹 로슈는 곤혹스러웠다.

본래는 인도양 해전에 대해 추궁하려고 왔다. 그런데 그에 대한 추궁은커녕 병인양요에 대한 문제에 휘말리면서 좀처럼 빠져나오지 못하였다.

박정양이 한발 물러섰다.

"공사께서도 바로 답을 내리기 어려우실 겁니다. 그러나 조속한 시일 내에 결정을 내려 주셨으면 합니다. 그리고 나서 깨끗한 상태에서 새로운 관계를 맺어 가도록 합시다."

레옹 로슈도 이전과 달리 무조건 안 된다는 말을 못 했다. 그러기에는 방금 보고 들은 일들이 예사롭지 않았기 때문이다.

"그 문제가 해결되지 않으면 교역도 없는 것입니까?"

박정양이 딱 잘랐다.

"직접 교역은 아무래도 어렵겠지요. 우리가 만든 물건이 필요하다면, 많이 비싸겠지만 타국 상인을 통해 간접 교역을 하시면 될 것입니다."

레옹 로슈는 입맛이 썼다.

"알겠습니다. 오늘의 만남을 비롯해 그 문제를 본국에 다시 상신하도록 하지요."

"잘 부탁드립니다. 거듭 말씀드리지만 우리 조선은 호혜평등에 입각해서 귀국과 선린 우호 관계를 맺고 싶습니다. 그러기 위해서라도 이전의 불미한 문제는 반드시 풀고 넘어가야 할 것입니다."

레옹 로슈가 무겁게 고개를 끄덕였다.

"무슨 말인지 잘 알겠습니다."

레옹 로슈가 자리에서 일어났다.

"다음에는 웃으며 봤으면 좋겠습니다."

"저도 바라는 바입니다."

레옹 로슈가 돌아갔다.

그를 배웅한 두 사람이 자리에 앉았다. 이상재가 박정양을 보며 고개를 저었다.

"오늘 처음 알았습니다. 공사님께서 연기를 이렇게 잘하신다는 것을 말입니다."

박정양이 호탕하게 웃었다.

"하하하! 어떻게 표시가 나지 않았나?"

"물론입니다. 저도 몰랐다면 깜빡 속았을 것입니다."

"그렇다면 다행이구나."

"그런데 레옹 로슈 공사의 태도가 이전과는 확연히 다른 것 같습니다."

"오! 그래?"

"예, 이전에 특보님과 함께 만났을 때는 이빨도 들어가지 않았습니다. 그런데 오늘 새로운 물건을 보여 주어서인지 의외로 부드러워졌습니다."

"새로운 물건에 많이 놀라기는 했겠지. 나도 플라스틱 제품을 보고 처음에는 크게 놀랐으니 말이야. 하지만 그보다는 프랑스 함대가 인도양에서 전멸한 일이 큰 충격이었을 거야."

이상재가 격하게 공감했다.

"맞습니다! 그럴 가능성이 높겠습니다. 그 바람에 기가 많이 죽었을 겁니다."

"그래, 내가 알기로 프랑스는 프랑스혁명을 거치는 동안 국민들이 숱한 피를 흘리며 나라를 바꿨어. 그런 전통이 있어서인지 국민들의 애국심이 유난히 강하다고 했어. 그런 프랑스가 유례없이 함대를 전멸시켰으니 자존심이 한껏 꺾였을 거야."

이상재도 동조했다.

"맞습니다. 저도 대규모 함대 전멸 소식을 듣고는 많이 놀랐으니까요."

"그런데 마군의 전략이 참 대단해. 숨겨야 할 사안은 철저히 감추면서도 이런 일은 은근히 소문이 나도록 방치하니 말이야."

"우리보다 세상을 보는 눈이 달라서 그렇지 않겠습니까?"

박정양이 적극 동조했다.

"맞아. 마군은 우리와는 보는 눈 자체가 다른 것 같아. 솔직히 다른 사람을 다 놔두고 나를 주일공사로 임명했을 때는 얼떨떨했어."

"공사님을 지목한 것이 이상했나 봅니다."

"그래, 이전까지만 해도 나는 외교에 거의 문외한이었어. 그런 나를 어떻게 알고 지목했는지 처음에는 많이 의아했지. 그런데 막상 이곳에 와 보니 내 성격이 외국 사람과 교류하는 데 의외로 잘 맞는다는 느낌이 들어."

"공사님의 영어 실력이 그만큼 좋아서겠지요."

"그런 것도 맞아. 그러나 그보다 외국인을 만나는 일이 별로 어렵지가 않아. 오히려 그들을 만나는 것이 즐거울 때가 많지."

"마군고문단이 공사님의 심리적 특성을 먼저 알고 있었나 봅니다."

박정양도 인정했다.

"아무래도 그런 것 같아. 어쨌든 마군이 있었기 때문에 오늘의 우리 조선이 있다고 봐야 해. 덕분에 조금 전에 만난 프랑스공사도 내려다볼 수 있게 되었고 말이야."

이상재도 적극 동조했다.

"그렇습니다. 그나저나 프랑스공사가 많이 곤혹스러워 보였습니다. 대화하면서 이러지도 못하고 저러지도 못하고 있다는 느낌을 받았습니다."

박정양도 인정했다.

"나도 그런 느낌을 받았어. 어쨌든 돌아가서 본국과 상의하겠다는 말을 할 정도면 많이 진척된 게 아닐까?"

"저도 그렇게 생각하고 있습니다."

"기다려 보자. 내 느낌으로는 프랑스공사가 이전과는 다른 보고서를 써 올릴 것이 분명해."

공사관으로 돌아온 레옹 로슈는 쉽게 마음이 안정되지 않았다. 답답한 마음에 방을 서성이던 그에게 공사관 무관이 다가왔다.

"무슨 일이 있으셨던 겁니까?"

레옹 로슈가 선물을 보여 주었다.

"이것을 한번 보게."

무관이 플라스틱 그릇을 보며 의아해했다.

"뭐가 이렇게 가볍지요? 이 그릇은 대체 무엇으로 만든 겁니까?"

"한번 던져 보게."

"깨지지 않습니까?"

레옹 로슈가 그릇을 받아서 던졌다.

우당탕!

무관의 눈이 커졌다.

"아니, 그렇게 던졌는데도 깨지지 않네요."

"그렇다네. 조선에서 개발했다며 선물받은 그릇인데 플라스틱이란 재질로 만들었다고 해."

"플라스틱이 뭡니까?"

"그건 나도 잘 몰라. 어쨌든 이전에 없던 물질이라는 말은 들었네."

"놀랍군요. 이런 물건을 동양 국가인 조선에서 만들다니요."

"그보다 더 놀라운 것은 그릇을 만든 재질로 만들 수 있는 종류가 무궁무진하다는 거야."

레옹 로슈는 박정양에게서 들은 이야기를 그대로 전해 주었다. 그 말을 들은 무관은 깜짝 놀랐다.

"아니, 그렇다면 만들지 못하는 물건이 없다고 해도 과언이 아니지 않습니까?"

"그래, 불에 약한 것이 유일한 단점이야. 그 단점을 제외하면 그야말로 아라비아의 요술 램프와 같이 무궁무진해."

"대단하군요."

"그렇지. 하지만 그보다 나는 자동차가 너무도 궁금해."

"자동차라면 증기기관으로 움직이는 버스를 말씀하시는 겁니까?"

레옹 로슈가 고개를 저었다.

"아니야. 증기기관이 아닌 내연기관으로 만든 자동차라고 해."

이러면서 자신이 들은 설명을 해 주었다. 프랑스공사관 무관이 큰 관심을 가졌다.

"그렇다면 소형 자동차도 생산이 가능하게 되었다는 말입니까?"

"그렇다네. 그 말을 듣고 당장이라도 가 보고 싶다는 말이 목까지 차올랐어."

"하지만 조선은 1866년의 문제가 해결되지 않으면 수교는 물론이고 교역도 하지 않겠다고 천명하지 않았습니까?"

"그래서 문제야."

레옹 로슈가 플라스틱 그릇을 손으로 가리켰다.

"이 물건을 만든 원료도 당장이라도 수입하고 싶은데 그러지 못하게 되었잖아."

"조선이 원료를 수출하려 하겠습니까?"

"처음에는 당연히 하지 않겠지. 하지만 타국에서 요청이 많아지면 언젠가는 하게 되어 있어. 더구나 성형 기계를 팔아먹으려면 원료 수출은 필연이잖아."

"그런 그렇습니다."

"아쉬워. 조선과 가까운 영국에서 가장 먼저 기계와 원료를 수입해 갈 것이 분명해. 그러면 우리 프랑스만 뒤처지게 되잖아."

무관이 고개를 저었다.

"그렇다고 해서 1866년의 일을 배상할 수는 없지 않겠습니까?"

레옹 로슈가 의외의 발언을 했다.

"아니야. 국익을 위해서라면 과감한 용단도 내려야 해. 그러지 않고 과거에 연연한다면 우리는 영국에 또다시 뒤처질 수밖에 없어. 아무래도 본국에 조선에 관한 사항을 재고해 달라는 보고서를 보내야겠어."

그 말에 무관이 우려했다.

"공연히 무리하지 마시지요. 보고서를 보냈다가 소환이라도 당하면 어찌하려고 그러십니까?"

레옹 로슈 공사가 고개를 저었다.

"이런 일을 하려면 소환을 각오해야 해. 만약 보신을 위해 보고서를 보내지 않는다면 일이 더 커지게 되어 있어."

"후! 공사님의 충정을 본국이 잘 알아봐야 할 터인데 걱정입니다."

그 말에 레옹 로슈 공사는 씁쓸해했다.

6장

"나라를 위하는 일을 하는데 마음이 이렇게 무거운 것은 처음이야."

공사관 무관이 응원했다.

"부디 좋은 결과가 있었으면 합니다."

레옹 로슈가 고개를 저었다.

"솔직히 쉽지 않을 거야. 나도 그랬지만 본국의 정치가 중동양 국가를 제대로 평가하는 사람은 아무도 없어. 특히 이제 막 개항한 조선에 대해 누가 제대로 평가를 하겠어?"

"맞는 말씀입니다."

레옹 로슈가 책상에 앉아서 펜을 들었다.

"그래도 공사의 소임이니 제대로 된 보고서를 작성해야겠지."

무관이 자리에서 일어났다.

"그러면 저는 나가 보겠습니다."

"그렇게 하게."

레옹 로슈는 이틀에 걸쳐 보고서를 작성했다. 그렇게 작성한 보고서는 배를 통해 상해의 프랑스영사관으로 전달되었다.

상해영사관은 레옹 로슈의 보고서를 전문으로 본국에 전송했다. 그러고는 보고서의 원문을 프랑스로 가는 배편에 부쳤다.

동양에서 외교관들의 입김이 가장 강한 지역은 단연 천진이다. 청나라는 서양 제국과 수교했음에도 아직 북경을 개방하지 않고 있었다.

그래서 서양 제국의 공사관들은 북경과 가까운 천진에 모여 있었다. 천진은 개항지여서 조계지역이 지정되어 있었기에 외국인도 많이 거주했다.

이런 천진에서 인도양 해전은 엄청난 이슈로 자리 잡았다. 그러나 아무리 조사하고 탐문을 해도 프랑스의 상대국을 찾아낼 수가 없었다.

조일전쟁에서 놀라운 전투력을 발휘한 조선에 대해 의혹의 눈초리가 없었던 것은 아니었다.

그러나 육전과 해전은 전쟁 방식이 완전히 다르다.

더구나 프랑스는 영국도 쉽게 볼 수 없을 정도의 해운 강국이다. 이런 프랑스를 조선의 해군력이 압도할 수 있다고는 누구도 생각하지 않았다.

그래서 의심은 바로 수그러들었다.

다만 레옹 로슈 공사가 박정양을 만난 일은 상당히 회자되었다.

더구나 조선에 들어간 외교관들이 조선의 기술력을 소문내면서 레옹 로슈의 자존심을 버린 판단에 찬사를 보냈다.

그러나 프랑스 당국은 레옹 로슈의 건의를 일언지하에 거절했다. 그 바람에 레옹 로슈의 용기 있는 결정은 그대로 무용지물이 되어 버렸다.

이런 과정을 거치면서 인도양 해전은 서서히 사람들의 뇌리에서 지워져 갔다.

그러나 단 한 나라.

프랑스만큼은 절대 잊지 않았다.

프랑스는 대거 조사단을 파견해 인도양 일대를 샅샅이 조사했다. 하지만 몇 개월 동안의 조사에서 이들이 찾아낸 것은 프랑스 태평양함대의 잔해와 승조원의 시신이 고작이었다.

물론 생존자도 찾아내기는 했다.

그러나 이런 생존자들도 다른 생존자와 마찬가지로 똑같은 상황 설명만 했다. 그 바람에 프랑스의 노력은 완전히 허사가 되어 버렸다.

이렇듯 인도양 해전이 차츰 잊힐 무렵.

대진은 왕비의 부름을 받고 입궐했다.

경복궁의 교태전은 중궁전의 영역이다. 그런 교태전과 붙어 있는 전각인 건순각(健順閣)에서 대진이 왕비와 마주 앉았다.

"어서 오세요, 이 특보."

"중전마마께서 저를 따로 부르실 줄은 몰랐습니다."

"그러고 보니 지금까지 내가 이 특보를 따로 만난 것은 이번이 처음이군요."

"그렇습니다."

대진은 솔직히 상황을 짐작하고 있었다. 그러나 그런 내심을 숨긴 채 말을 이었다.

"무슨 일로 저를 보자고 하셨는지요?"

왕비가 웃었다.

"호호호! 왜 이렇게 긴장을 하세요?"

대진의 이마에 땀이 뱄다.

"무슨 말을 하실지 몰라 절로 긴장이 됩니다."

"제가 왜 불렀는지 짐작도 못 하시나요?"

"꼭 그런 것은 아니지만……."

"맞습니다. 이 특보의 예상대로 오늘은 이 특보의 혼사에 대해 말씀을 드려 보려고 합니다."

"아! 역시 그러셨군요."

"예, 지난 2~3년 동안 많은 마군이 결혼했습니다. 그런데 이 특보와 몇몇 분들은 아직 짝을 찾지 못한 것 같아서 내가 나섰습니다."

"예, 손 사령관님과 장 사령관님을 비롯한 몇 분이 아직 인연을 맺지 못하셨지요."

왕비의 말대로 대부분의 마군은 짝을 찾아 결혼했다. 그러나 손인석과 장병익을 비롯한 지휘부 몇 사람은 아직 인연을 맺지 못하고 있었다.

왕비가 의아해했다.

"이 특보는 바빠서 그렇다지만 다른 분들은 그동안 좋은 혼처가 많이 나왔을 텐데 인연을 맺지 못한 까닭이 있습니까?"

"아무래도 지휘부에 있다 보니 운신이 자유롭지가 못하기 때문이지요. 더구나 연세들도 있고 해서 선뜻 나서기가 어려우신 것 같습니다."

"그렇다면 이 특보께서 이번에 월하노인이 되어 보시지요. 아울러 이 특보도 좋은 사람과 인연을 맺어 보시고요."

"저는 아직 시간이 있으니 윗분들의 혼사에 제가 나서 보겠습니다."

왕비가 반색했다.

"허면 내가 이 특보를 도울 겸 좋은 자리를 주선해 주어도 되겠습니까?"

"그리해 주신다면 큰 도움이 될 것 같습니다. 만약 중전마마께서 본격적으로 나서신다면 그분들도 거절하기 어려우실 겁니다."

"좋습니다. 그러면 본격적으로 내가 나서 보지요."

"알겠습니다. 그러면 저는 그분들께서 가서 말씀을 전하도록 하겠습니다. 그런데 연세가 만만치 않은데 문제는 없겠습니까?"

왕비가 고개를 저었다.

"혼사는 집안과 집안이 연을 맺는 일입니다. 그런 일에 나이 차이는 크게 문제가 되지 않지요. 그리고 영종 대왕께서는 66세에 16세의 중전을 맞으신 적도 있습니다."

"그거야 왕실의 일이니 그럴 수도 있겠지요. 그러나 제가 알고 있는 마군의 지휘부 분들은 너무 어린 분들은 꺼리십니다. 그러니 기왕이면 되도록 나이가 있는 분과 인연을 맺어 주시는 편이 좋을 듯합니다."

"아! 그래요?"

"예, 우리 마군은 본래 20대 후반에서 30대 중반에 결혼합니다. 상대도 마찬가지고요."

왕비가 크게 놀랐다.

"그렇게 늦게 결혼한다고요? 아니, 그러면 언제 후손을 본단 말입니까?"

왕비의 노골적인 말에 대진이 머리를 긁적이며 머쓱해했

다. 그 모습을 본 왕비가 파안대소하며 크게 웃었다.

"호호호! 이 특보께서도 어려워하는 일이 있군요. 아! 아직 혼사를 하지 않아서 그런가요?"

대진이 숨기지 않았다.

"예, 솔직히 그런 문제는 말씀드리기가 어렵습니다."

"이런, 그랬군요. 알겠습니다. 이 특보가 지적한 부분은 제가 참고해서 잘 살펴보겠습니다. 그러면 이 특보도 그렇다는 말씀이군요."

대진은 차마 아니라는 말을 못 했다.

"부탁드리겠습니다."

"예, 알겠습니다. 제가 좋은 자리를 잘 찾아보겠습니다."

대진이 전각을 나왔다. 전각을 나온 대진은 이마의 땀을 닦으며 한숨을 내쉬었다.

"아이고, 다른 일은 쉬운데 이번 일은 어렵네. 차라리 전쟁을 하는 게 쉽지. 어려워."

이런 독백을 하면서 걸어 나갔다.

그런 모습을 본 지밀상궁이 전각으로 들어왔다. 그리고 방금 본 모습을 왕비에게 전했다.

왕비가 웃었다.

"호호호! 이 특보가 그랬어?"

"예, 소인이 보기에 이 특보는 여자에게는 젬병인 것 같았습니다."

왕비가 눈을 빛냈다.

"그러면 믿을 만한 사람을 소개해 주면 여러모로 좋겠구나."

"그러하옵니다."

"알았다. 내 참고를 하마."

그렇게 말한 중전은 무언가를 깊이 생각하기 시작했다. 그런 그녀의 눈빛은 조금 전과 달리 깊어져 있었다.

경복궁을 나온 대진은 곧바로 용산에 있는 손인석의 집무실을 찾았다. 한참 업무를 보고 있던 손인석이 서류를 내려놓으며 웃었다.

"어디를 다녀오기에 얼굴이 그래?"

"제 얼굴이 이상합니까?"

"그래, 평상시보다 많이 상기되어 있잖아. 무슨 일이 있었던 거야?"

대진이 왕비와의 만남을 설명했다. 손인석은 자리에서 일어나 소파에 앉으며 침음했다.

"으음! 결국 우리도 결혼해야 한다는 말이구나."

"예, 어차피 하셔야 합니다. 그러지 않으면 공연한 구설에 휘말릴 수가 있습니다."

손인석이 한숨을 쉬며 고개를 저었다.

"후우! 내 나이 육십이 넘었는데 결혼이라니. 그것도 처녀 장가를 들게 생겼어."

"어쩌겠습니까? 왕비가 저렇게 나서시는데 무작정 거절하는 것도 예의는 아닙니다. 그리고 사령관님도 언제까지 혼자 사실 수도 없는 일이고요."

"차라리 한 번 갔다 온 사람이라면 마음이라도 편하겠는데, 그럴 수는 없겠지?"

대진이 펄쩍 뛰었다.

"큰일 날 소리입니다. 만일 이런 말이 밖으로 나갔다가는 당장 유림에서 들고일어날 것입니다."

손인석이 난감해했다.

"하! 이거 참, 이 나이에 참 불쌍한 꼴이 되었네. 결혼도 마음대로 못 하고 말이야."

대진이 권유했다.

"그냥 받아들이십시오. 다른 사람도 아닌 왕비께서 직접 나서셨습니다. 그렇게 마련된 자리를 어떻게 거절할 수 있겠습니까?"

"후! 그거 참. 그런데 정치적으로 이용하려는 속셈은 없겠지?"

"그런 생각이 전혀 없지는 않겠지요. 하지만 사령관님이나 제가 그런 부분에서 흔들릴 일은 없지 않겠습니까?"

손인석이 고개를 저었다.

"사람 일이라는 것이 알 수가 없어. 베갯머리송사라는 말도 있잖아. 잘 살고 있다가 집안일을 거론하면 안 들어주기도 곤란해. 왕비도 대원군이 고르고 골랐지만 결국 실패한 혼사잖아."

"그건 그렇습니다."

"그러니 기왕 추진할 거라면 몇 사람을 소개받도록 하자. 대원군의 도움을 받으면 그나마 무난한 사람을 얻을 수 있을 거야."

대진이 크게 고개를 끄덕였다.

"맞습니다. 대원군이라면 우리에게 곤란한 사람을 소개해주지는 않을 겁니다."

"하여튼 자네가 추진하기로 했으니 잘해 봐. 본래 혼사는 잘하면 술이 석 잔이지만 잘못하면 뺨이 석 대라고 했어."

"예, 뺨 맞지 않도록 최선을 다해 보겠습니다."

두 사람이 동시에 웃었다.

"하하하!"

"하하하!"

대진은 손인석이 마음을 바꿔 먹은 것이 고마웠다. 손인석도 기왕 혼인할 거라면 대진이 나서 주는 것이 너무 편했다.

이후 대진은 장병익을 비롯한 지휘부들을 일일이 만나서 사정을 설명했다. 처음 대진을 설명을 들은 사람들은 하나같이 펄쩍 뛰었다.

지금까지 결혼하지 않은 까닭은 각자의 사정이 있었기 때문이다. 대부분은 두고 온 가족을 잊지 못하거나 나이 때문에 결혼을 포기했다.

그런 상황에서 대진이 결혼을 들고나오자 대부분 손사래를 쳤다. 그러나 7년의 시간은 결코 짧은 시간이 아니었다.

처음에는 완강했던 사람들도 거듭된 설득에 대부분 고개를 숙였다. 물론 끝까지 싫다는 사람도 나왔으며 이들은 어쩔 수 없이 포기했다.

막상 포기했던 결혼을 하려고 하니 생각나는 점이 많았다. 대진은 이런 요구 사항을 월하노인이 되어 충실하게 왕비에게 전달했다.

왕비는 보통 사람이 아니었다.

왕비는 미리 사람을 시켜 대상자를 파악해 놓고 있었다. 덕분에 대상자의 요구 조건을 손쉽게 맞출 수 있어서 인연은 의외로 쉽게 맺어졌다.

가장 큰 관심사는 손인석의 혼사였다. 마군 최고 지휘관이었기에 왕비는 누구보다 신경을 썼다.

그 바람에 남은 사람 중에서 가장 먼저 혼인이 성사되었다.

혼인을 맺기 전날 손인석의 숙소에는 몇 사람의 지휘관이 모였다.

장병익이 먼저 잔을 들었다.

"축하드립니다."

손인석이 쑥스러워했다.

"허허! 이거 축하를 받아야 할지 부담을 느껴야 할지 모르겠어."

"나중 일은 나중에 걱정하시고, 오늘은 축하를 받으시지요."

"고마워, 장 사령관. 장 사령관도 얼마 남지 않았지?"

"저도 열흘 후면 홀아비 신세를 면하게 됩니다."

이기운 부사령관이 확인했다.

"이 특보, 사령관님의 신부가 될 분이 왕실 종친이라고 했나?"

"그렇습니다. 왕비께서 특별히 고르고 골라 왕실 종친 중에서 선정을 하셨습니다."

"왕실로서는 최선의 결정이라고 해야겠네."

"맞습니다. 사령관님과 왕실 종친이 인연을 맺게 하는 것이 가장 안심이 되었겠지요."

손인석이 씁쓸해했다.

"꼭 결혼동맹을 맺는 기분이야."

장병익이 위로했다.

"어쩔 수 없는 일입니다. 저도 제 반쪽이 될 사람이 왕실 종친이지 않습니까?"

대진도 거들었다.

"왕비께서 고심을 많이 하셨습니다."

"그러시겠지."

"그리고 이번에 결혼하시면 전부 북촌의 자택으로 입주하셔야 합니다."

마군이 처음 조선에 왔을 때 탐관오리들을 대거 척결했다. 그 당시 압수한 수십여 채의 저택을, 국왕이 마군 지휘부에 하사했다.

그러나 지금까지는 모든 지휘관들은 용산의 관사에 머무르고 있었다. 그 부분을 대진이 지금 지적하는 것이다.

손인석이 고개를 끄덕였다.

"그래야겠지. 그런데 집이 너무 커서 관리를 어떻게 해야 할지 걱정이야."

"그 부분은 걱정하지 않으셔도 됩니다."

"좋은 방안이 있어?"

"왕비께서 내관과 여관을 정기적으로 파견하기로 했습니다. 그리고 궁내부에 지시해 청지기와 최소한의 관리 인원도 보내 주시기로 했고요. 그러니 입주하시는 분들께서는 그분들의 인건비만 지불해 주시면 됩니다."

"왕실에서 배려를 많이 해 두었구나.

장병익이 평가했다.

"그만큼 우리 존재가 부담된다는 거겠지요. 그리고 궁내부 직원을 보내 도움을 주면서 우리의 움직임을 살펴보고 싶기도 할 것이고요."

손인석이 고개를 저었다.

"그러면 안 되는데. 왕비가 아직도 정치에 대한 미련을 버리지 못하고 있는 것 같아."

대진이 설명했다.

"그래도 조심은 많이 할 겁니다."

"그렇겠지. 왕비는 비상한 사람이야. 그래서 자신의 일거수일투족이 감시받고 있다는 사실을 모르지는 않을 거야."

"맞습니다. 어떤 식으로든 자신의 움직임을 우리가 파악한다는 정도는 알고 있을 겁니다."

"어쨌든 대단한 분이야. 이번 혼사의 규수들이 전부 명문가 출신으로 선발했잖아."

장병익도 인정했다.

"맞습니다. 그러기도 쉽지 않았을 텐데 준비를 많이 한 것이 분명합니다."

손인석이 대진을 바라봤다.

"이 특보도 좋은 사람을 소개받았다고?"

대진이 난색을 보였다.

"난감하게 되었습니다. 나이가 많은 사람이 좋겠다고 했는데 겨우 열여덟입니다."

손인석이 나무랐다.

"이 사람아, 그건 아무것도 아니야. 나도 결혼할 아가씨가 겨우 열일곱이다."

장병익도 나섰다.

"나도 마찬가지야."

"하! 그래도 스물은 넘겼으면 좋았을 텐데 아쉽습니다."

"그런 소리 하지 마. 따지고 보면 우리가 더 난감하고 곤혹스러워."

손인석도 거들었다.

"그건 내가 더 그래. 그러니 그 문제만큼은 더 이상 거론하지 말도록 하자. 그리고 이 특보의 집도 북촌이지?"

"그렇습니다. 사령관님 댁에서 얼마 떨어지지 않은 곳으로 본래는 민겸호의 저택이었습니다."

"그렇구나."

이날 방 안 사람들은 모처럼 개인사를 놓고 이런저런 대화를 나누었다. 덕분에 술자리는 그 어느 때보다 화기애애했다.

다음 날.

손인석이 하사받은 저택의 마당에서 혼례가 거행되었다. 이 혼사를 보기 위해 대원군을 비롯한 수상과 내각 대신들이 거의 모두 참석했다.

국왕과 왕비는 궁내부 대신과 제조상궁을 보내 결혼을 축하해 주었다.

이 결혼이 시작이었다.

열흘 후, 장병익을 시작으로 10여 명의 혼사가 거의 매일 이어졌다. 그리고 그런 혼사의 마지막에 대진의 결혼이 있었다.

대진의 결혼 상대는 경향사족에서도 명문인 반남 박 씨였다. 혼사는 처가에서 열렸으며 손인석과 지휘부가 대거 참석해 자리를 빛내 주었다.

결혼식이 있은 사흘 후.

대진은 아내와 입궐했다.

대진은 결혼과 함께 국왕으로부터 종2품의 가선대부(嘉善大夫) 품계를 받았다. 그래서 외명부의 정부인(貞夫人)이 된 아내와 함께 입궐해 국왕 부부에서 인사를 드렸다.

대진은 먼저 왕비에게 인사했다.

"좋은 인연을 맺게 해 주셔서 감사합니다."

왕비가 환하게 웃었다.

"두 분이 함께 계시니 참으로 보기 좋습니다."

"감사합니다."

국왕이 덕담을 했다.

"늦게 한 혼사이니만큼 오래 해로하세요."

"황감하옵니다."

다과상이 나왔다. 국왕이 수정과를 한 모금 마시고는 확인했다.

"당분간 바쁜 일은 없지요?"

"내년 초 대업을 추진하기 위해 북방에 올라가기까지는 별다른 일은 없습니다."

왕비가 한숨을 내쉬었다.

"후! 이 특보는 잠시도 쉬지를 않는군요. 겨우 한 달여를 쉬고 다시 북방으로 올라갑니까?"

"저도 그렇지만 우리 모두는 아직 끝마쳐야 할 일이 있습니다. 그 일을 마치기 전에 어찌 편히 쉬겠습니까?"

"그래도 뒤도 돌아보고 하세요. 이제는 성혼했으니 안사 람도 챙겨 주셔야지요."

대진이 고개를 돌려 아내를 바라봤다. 자신이 거론되자 아 내는 얼굴을 붉히며 고개를 숙였다.

"예, 이번 일만 마무리하면 한동안 푹 쉬겠습니다."

왕비가 고개를 저었다.

"그 말을 믿을 수가 없어요. 내가 듣기로 이 특보께서는 일을 만들어 한다는 말이 돌고 있지 않습니까?"

대진이 무안해했다.

"꼭 그렇지는 않습니다."

그 모습을 본 국왕은 말을 돌렸다.

"곧 대업을 추진해야 하는데, 청국에 대한 정보는 많이 입 수해 두었습니까?"

"예, 나름대로 최선을 다해 정보를 입수하고 있습니다."

"대업을 시작하면 가장 문제가 되는 것이 만주 일대의 청 군입니다. 어떻게, 청군의 배치 상황은 잘 파악해 두고 있는 지요?"

"놀랍게도 만주 일대에 청국 병력이 거의 없습니다."

국왕이 놀랐다.

"그래요?"

"상해에서 정보를 수집한 바에 다르면 청국은 태평천국의 난 이후 팔기가 거의 궤멸되었다고 합니다. 그 차선책으로 북양대신과 남양대신을 두어서 신식 군대를 양성하고 있는 상황입니다."

"허면 그 군대가 만주에 배치되어 있지 않단 말입니까?"

"그렇습니다. 그렇다고 전혀 병력이 없는 것은 아닙니다. 하지만 거의 전투 능력이 없는 팔기 잔병들뿐이라고 합니다."

"놀라운 일이군요. 만주는 우리 조선의 몇 배나 넓은 땅인데 그런 허접한 병력만 배치되어 있다니요. 과인이 알기로 청국은 꾸준히 개혁을 추진해 왔는데 성과가 없었다는 겁니까?"

"전하께서는 서태후를 잘 아시지요?"

"당연히 잘 알지요. 전임 황제인 광서제의 모후이며 동태후를 보필하며 청나라 내정을 수렴청정하는 분이 아닙니까?"

"겉으로는 동태후가 앞서 있지만 실지로는 서태후가 모든 국정을 장악한 상황입니다."

국왕이 다시 놀랐다.

"그래요? 서태후의 기가 세다는 보고는 받았지만 그 정도일 줄은 몰랐네요."

"서태후의 정권에 대한 탐욕은 대단합니다. 그런 탐욕은 친아들인 광서제까지 정사를 보지 못하게 할 정도였고요. 광서제는 그런 모후의 성정을 이기지 못해 늘 반항을 했고요."

"모자 사이가 안 좋았다는 말은 들었습니다."

"단순히 안 좋은 정도가 아닙니다. 서태후는 광서제를 정사에서 배제하기 위해 환관을 시켜 사창가를 전전하게 했습니다. 그러다 화류병(花柳病)을 얻어 결국 사망에 이르게 했습니다."

이번에는 왕비가 놀랐다.

"천연두로 사망한 것이 아닙니까?"

대진이 고개를 저었다.

"저희가 조사한 바는 아니었습니다."

왕비가 탄식을 했다.

"아! 참으로 악독한 사람이군요. 권력을 나눠 주지 않으려고 친아들을 밖으로 내돌려 화류병에 걸려 죽게 하다니요."

"서태후의 악독함은 그뿐만이 아닙니다."

"또 뭐가 있습니까?"

"동치제는 서태후가 선정한 여인과 결혼하지 않았습니다. 거기에 분노한 서태후는 온갖 구실을 내내 황후와의 합방을 막았지요. 그럼에도 동치제가 죽을 무렵 황후는 회임을 했지요. 그것을 알게 된 서태후는 갖은 협박을 해서 황후가 황금을 먹고 자살하게 만들었고요."

왕비가 크게 놀랐다.

"황실 자손을 회임한 것을 알면서도 자진하게 했다고요?"

"그렇습니다."

"아아! 참으로 무서운 사람이군요. 어떻게 황손일지도 모르는 아이를 잉태했는데도 자진을 시키다니요. 그것도 자신의 친며느리를요."

국왕도 고개를 저었다.

"들을수록 믿기지가 않는군요. 권력욕을 주체하지 못해 아들, 며느리도 부족해서 손자까지 죽였다니요."

왕비가 맥을 짚었다.

"그녀는 자신의 권력욕을 유지하려고 나이 어린 황제를 옹립했던 거로군요."

대진이 고개를 끄덕였다.

"맞습니다. 서태후는 아들도 믿지 않을 정도로 엄청난 권력욕을 갖고 있지요. 그리고 그런 권력욕을 끝까지 유지하기 위해 4살밖에 안 된 먼 황족을 새로운 황제로 옹립했던 것이고요."

국왕이 크게 고개를 끄덕였다.

"그렇군요. 그렇다면 지금의 청나라는 완전히 서태후의 세상이겠군요."

"그렇습니다. 우리가 조사한 바에 따르면 서태후는 수시로 군자금을 자신의 사치로 낭비하고 있다고 합니다. 그 바람에 20여 년 가까이 추진하고 있는 개혁이 지지부진한 상황입니다."

"그래도 청나라는 여러 곳에 기지국을 세우고 무기 제작 공장도 도처에 지었지 않습니까?"

대진이 고개를 저었다.

"솔직히 말씀드리면 지금까지는 실패했습니다."

국왕이 어리둥절했다.

"실패라고요? 그 많은 공장을 세웠는데도요?"

"청국은 동도서기(東道西器) 중체서용(中體西用) 등의 기치를 내걸고 서양의 문물, 특히 군사력 증강에 많은 노력을 기울였습니다. 그 결과, 지금까지 천진을 비롯한 네 곳에 대형 공장을 설립했으며 스물네 곳에 각종 군수공장을 지은 것은 맞습니다."

왕비가 놀랐다.

"그렇게나 많이 공장을 지었다면 생산되는 무기의 양도 엄청나겠네요."

"양은 많을지 몰라도 질은 크게 떨어집니다. 가장 큰 문제는 공장마다 총기류의 재원이 달라서 총탄조차 호환이 되지 않습니다."

국왕이 반문했다.

"아니, 그러면 어떻게 병력을 운용합니까? 재원이 다른 것은 서로 조정하면 간단히 정리되는 거 아닌가요?"

대진이 고개를 저었다.

"그게 그렇게 간단하지가 않습니다. 청나라는 한족 출신의 이홍장(李鴻章), 좌종당(左宗棠), 그리고 만주족 출신의 숭후(崇厚) 등이 각각의 기지국을 세워서 총포와 화약 등을 생산하고 있습니다. 그런데 이들은 전부 자체적으로 병력을 운용하고 있는 상황이고요. 그 바람에 각각의 공장에서 생산되는 무기가 전부 다르고 화력 또한 천차만별이라고 합니다."

"공장이 많은 것이 오히려 문제가 되었네요."

"그렇습니다. 그리고 더 큰 문제는 원자재를 외국에서 수입하고 서양인 기술자를 써도 후진적인 경영과 정부의 지원 부족으로 생산되는 품질이 열악하다는 겁니다."

국왕이 기가 찬 표정을 지었다.

"허허, 들을수록 놀랍기만 하군요. 과인은 지금까지 청국의 군사력이 상당한 줄 알았습니다. 그런데 이 특보의 설명을 들어 보니 빛 좋은 개살구일 뿐이었어요."

"그렇습니다. 그런 청국이기 때문에 우리의 대업은 반드시 성공할 수가 있습니다."

국왕이 크게 고무되었다.

"믿습니다. 과인도, 중전도 당연히 믿습니다."

대진이 자신했다.

"대업을 반드시 성공시킬 것입니다. 그래서 전하께는 천자의 지위를, 중전마마께는 황후의 지위를 바치겠습니다."

그 말에 국왕과 중전의 표정이 환해졌다.

국왕의 목소리가 떨렸다.

"정녕 그런 날이 오기는 할까요?"

"옵니다. 반드시 옵니다. 하오니 두 분께서는 저희들을 믿고 기다려 주십시오."

그때 왕비가 의외의 발언을 했다.

"참으로 감사한 말씀입니다. 그렇게 되면 천도(遷都)도 염두에 두어야겠네요."

국왕이 흠칫 놀랐다.

"천도라고요?"

"예, 전하. 대업이 성공하면 한양은 너무 아래에 치우쳐 있게 되옵니다. 그리되면 대륙을 통치하는 데 문제가 되지 않겠습니까?"

대진이 감탄했다.

"역시 중전마마십니다. 맞습니다. 대업이 성공하면 천도를 심각하게 고려해 봐야 합니다."

국왕은 쉽게 답을 못 했다.

"으음! 천도는 국가 대사입니다. 단순히 도움을 옮기는 것뿐만 아니라 나라의 근간이 바뀌는 일이니만큼 신중하게 접근해야 할 것입니다."

그 말에 대진이 동의했다.

"맞는 말씀입니다. 그 문제만큼은 심도 있는 연구가 필요합니다. 그래서 우리 마군은 이미 그에 대한 준비에 들어가 있는 상황입니다."

"아! 벌써 준비하고 있군요."

"그렇습니다."

국왕이 심각하게 몇 번이고 고개를 끄덕였다. 그러던 국왕이 뒤늦게 깨닫고 대진의 처를 보며 웃었다.

"하하하! 이거 미안하게 되었습니다. 외명부가 되어 첫 입궐을 했는데 우리 이야기만 했네요."

대진의 처가 고개를 숙였다.

"아니옵니다. 소인도 경청하고 있었사옵니다."

"예, 잘하셨습니다. 이 특보가 워낙 뛰어난 사람이어서 앞으로도 이런 자리가 많이 있을 것입니다. 그러니 너무 지루하게 생각 마세요."

"예, 전하."

왕비가 덕담을 했다.

"내년에는 세 사람이 함께 들어왔으면 좋겠습니다."

그 말에 대진의 처가 얼굴을 붉혔다.

"명심하겠사옵니다."

대진도 얼굴을 붉히며 고개를 숙였다.

"중전마마의 말씀 새겨듣겠습니다."

왕비는 대진의 처에게 궁중에서 사용하는 여인들의 장신구를 선물로 주었다. 종이함으로 만든 장신구 상자를 받아 든 대진의 처는 몇 번이고 인사하며 고마워했다.

대진도 인사하고는 전각을 나왔다.

"상자 이리 주세요."

"아닙니다. 무겁지 않습니다."

"그래도 이리 주세요."

대진이 빼앗듯 종이상자를 받아 들었다. 상자를 건네주는 대진의 처는 얼굴을 붉히며 눈을 빛냈다.

"많이 지루했지요?"

"아닙니다. 지루하기는커녕 소첩은 기뻤사옵니다."

"기뻤다고요?"

"예, 서방님께서 주상 전하 내외분과 국가 대사를 논의하는 모습이 참으로 보기 좋았사옵니다. 그리고 소문이 사실이란 것도 확인해서 좋았고요."

"나에 대한 소문이 났다고요?"

"그러하옵니다. 서방님이 주상 전하와 중요한 국사를 수시로 논의하신다는 소문이 많사옵니다."

"내 직책이 왕실 특별보좌관입니다. 그래서 주상 전하와 많은 대화를 주고받을 수밖에 없지요. 그런 대화 중에서는 국정에 관한 일도 낭연히 포함되어 있고요."

"그래서 소첩은 기쁘옵니다. 서방님께서 주상 전하와 당당히 국사를 논의하는 모습이 너무도 보기가 좋았사옵니다."

"하하하! 좋았다니 다행입니다."

그렇게 말한 대진은 슬쩍 처의 손을 잡았다. 처는 깜짝 놀라며 주변을 둘러봤다.

"남들이 보옵니다."

"보면 어떻습니까? 내가 내처의 손을 잡는데 누가 뭐라고 하겠습니까?"

"하지만 부끄러워서……."

"부끄러워하지 마세요. 앞으로 우리 두 사람이 힘을 합쳐 세상을 살아가야 합니다. 그러니 제 손을 단단히 잡으세요."

"예, 서방님."

그녀는 부끄러웠다.

그러나 자신을 보듬어 주는 마음 씀씀이가 고마워 대진의 손을 꼭 잡았다. 그런 그녀는 얼굴은 붉어졌으나 그 어느 때보다 환했다.

북경.

북경은 계성(薊城), 연경. 대도 등으로 불리며 수많은 왕조의 수도였다. 명나라의 뒤를 이은 청나라도 북경을 수도로 삼았으며 명의 황성이던 자금성(紫禁城)도 그대로 황성으로 사용했다.

그런 자금성의 내전에는 동육궁(東六宮)과 서육궁(西六宮)이 있다. 이 동서육궁은 황후와 후궁들이 주거하는 장소다.

서태후는 본래 함풍제의 후궁이었으나 아들이 황제가 되면서 태후가 되었다. 이때 받은 작호가 자희태후(慈禧太后)였으며, 서육궁에 머문다고 해서 서태후라 불리었다.

태극전(太極殿).

서육궁의 다른 전각은 전부 궁호가 붙어 있다. 그런데 단

하나, 이 전각만큼은 전호가 붙어 있었다.

이 전각이 서태후의 처소였다.

이런 태극전에 북양대신 이홍장과 남양대신 심보정 섬감 총독 좌종당이 들어와 있었다. 이들 세 사람은 청나라의 군권을 장악한 권력자들이었다.

심보정은 양강총독을 겸임하고 있었으며 이홍장은 직례총독을 겸임하고 있었다. 그래서 각자가 머무는 지역이 달랐다.

그런데 이날은 서태후를 뵙기 위해 세 대신들 모두 입조해 있었다.

이홍장이 두 손을 모아 쥐었다.

"태후 폐하. 그간 강녕하겠습니까?"

"어서 오세요. 이 대신도 잘 지내셨소?"

"신은 폐하의 성려 넉분에 잘 지내고 있사옵니다."

"다행이구려."

심보정과 좌종당도 서태후에게 인사했다.

서태후가 먼저 본론을 꺼냈다.

"오늘 여러분더러 보자고 한 것은 내가 얼마 전에 놀라운 말을 들었기 때문이에요. 지난해 조선과 일본이 전쟁을 벌여 조선이 압승을 했다고요? 그게 정녕 사실입니까?"

이홍장이 대답했다.

"그렇사옵니다."

서태후가 팔걸이를 손으로 쳤다.

탁!

"전쟁은 나라의 존망을 좌우하는 중대사가 아닙니까? 그렇게 중대한 사안을, 왜 조선은 상국인 우리 청나라에 미리 보고를 하지 않은 겁니까?"

이홍장이 고개를 저었다.

"왜 그랬는지는 알지 못합니다. 하지만 허약한 두 나라가 전쟁을 벌여 봐야 무슨 문제가 있겠습니까?"

"북양대신은 정녕 아무 문제가 없을 거라 장담하시오?"

"1년이 지난 전쟁입니다. 그럼에도 이제야 세상에 알려졌다는 것은 그만큼 별다른 영향력이 없는 전쟁이란 의미가 아니겠습니까?"

이홍장은 자신의 정보가 어두운 것을 이런 식으로 포장했다. 너무도 자연스러운 말에 서태후의 고개가 절로 끄덕여졌다.

"북양대신의 말을 들어 보니 일리가 있군요. 그러나 조선이 압승을 거뒀다는 것이 영 찜찜합니다."

좌종당이 나섰다.

"태후 폐하의 마음이 불편하시면 조선으로 흠차대신을 파견하시지요."

"흠차대신을 파견하자고요?"

좌종당이 몸을 숙였다.

"그렇사옵니다. 소문에 따르면 양국이 명운을 가를 정도로 격하게 전쟁을 치렀다고 합니다. 전쟁은 본래 군자금이

없으면 치를 수가 없습니다. 그런데 조선이 일본으로 넘어가
전쟁을 치렀다는 것은 그만큼 재정이 풍부하다는 의미 아니
겠습니까?"

서태후가 동의했다.

"맞는 말씀입니다."

"본래 조선은 가난한 나라였습니다. 그런 조선이 전쟁을
치를 정도로 재정이 풍부하다는 것은 뭔가 이유가 있다는 뜻
입니다. 그러니 그 이유를 알기 위해서라도 흠차대신을 파견
하는 게 좋을 듯하옵니다."

심보정도 동조했다.

"신도 그게 좋을 듯하옵니다. 조선은 나라는 작지만 저력
이 있는 나라입니다. 그래서 국초부터 만주봉천에 팔기 10만
을 주둔시키면서 늘 경계를 해 왔고요. 그런 조선이 강력한
군사력을 보유했다는 것 자체가 우려의 대상입니다."

서태후가 이홍장을 바라봤다.

"북양대신, 조선과 접한 지역이 봉천성인데 그곳에 병력
이 얼마나 주둔하고 있습니까?"

이홍장이 고개를 저었다.

"봉천성에는 북양군(北洋軍)이 주둔하고 있지 않습니다."

"그러면 어떤 군대가 지역을 지킵니까?"

"봉천에 팔기 5,000여 명이 주둔하고 있습니다. 그리고 금
주성에도 5,000여 명이 주둔해 있고요."

서태후가 우려했다.

"병력이 너무 적은 거 아니오?"

이홍장이 장담했다.

"충분하옵니다. 조선에서 만주로 넘어오려면 반드시 천산산맥을 지나야 합니다. 그 산맥은 길이 좁고 험해서 능히 일당백을 감당할 수 있는 천혜의 지형입니다. 이런 지형에 의지해 몇천의 병사만 배치해 있어도 수십만을 감당할 수 있사옵니다."

좌종당이 나섰다.

"그렇다고 해도 병력이 너무 적습니다. 제 생각으로는 적어도 3만 이상은 주둔해야 맞습니다."

서태후도 이 지적에 동조했다.

"섬감총독의 말이 맞습니다. 북양대신은 즉시 북양군 3만을 만주 일대로 파견하세요."

"……알겠습니다."

"그리고 해군력을 증강시킨다고 너무 많은 예산을 투입하고 있어요. 지금의 우리로서는 해군력을 구태여 증강시킬 필요가 없지 않습니까?"

이홍장이 펄쩍 뛰었다.

"절대 그렇지 않습니다. 우리가 두 번에 걸쳐 영국과의 전쟁에서 패한 것은 해군력이 약해서입니다. 그런 실패를 반복하지 않기 위해서라도 해군력의 증강은 반드시 필요합니다. 그러기 위해서는 철선을 수입해야 하고요."

"으음!"

서태후가 못마땅한 표정을 지었다. 그런데 이번에도 좌종당이 이홍장의 의견을 반대하고 나섰다.

"우리가 아무리 해군력을 증강시켜도 서양에는 미치지 못합니다. 북양해군도 그렇지만 남양해군이 보유한 선박이라고 해 봐야 목선이 전부입니다. 그렇다고 막대한 예산이 들어가는 대형 철선을 수입할 수는 없는 일입니다."

서태후가 즉각 동조했다.

"맞는 말입니다. 막대한 예산을 들어가는 일을 함부로 추진할 수는 없지요."

이홍장의 얼굴이 붉어졌다.

남양대신 심보정이 나섰다.

"복주선정국(福州船政局)에서 서양 기술자들을 대거 초청을 했습니다. 용광로도 준공을 했고요. 그래서 서양 기술자들이 제대로 일만 해 준다면 우리도 철선을 건조할 수 있을 것입니다."

서태후가 큰 관심을 보였다.

"허면 우리 청국도 철갑선을 직접 건조하는 날이 온단 말씀이오?"

"그렇습니다."

좌종당이 지적했다.

"하지만 증기기관은 서양에서 수입해야 하지 않습니까?"

심보정이 인정했다.

"그 부분은 기술력이 부족해 어쩔 수 없이 수입해야 합니다. 그러나 함포를 비롯한 다른 부품은 자체적으로 생산이 가능합니다."

그런 그에게 서태후가 물었다.

"함정을 건조하는 데 얼마나 시간이 걸리겠습니까?"

"4~5년이면 충분히 건조가 가능합니다."

서태후는 결정했다.

"좋습니다. 그러면 서양에서 철선을 수입하지 말고 복주 선정국에서 철선 건조를 추진합시다."

그러자 이홍장이 난색을 보였다.

"폐하, 4~5년은 너무 깁니다. 그러니 당장 필요한 철선은 수입하도록 윤허하여 주십시오."

서태후는 고개를 저었다.

"안 됩니다. 몇 년 내에 서양과 전쟁을 치를 것도 아닌데 구태여 막대한 돈을 들일 필요는 없지요."

이홍장은 아쉬웠다.

그러나 자금성의 실제 주인이 안 된다고 한 것을 번복할 수는 없었다. 그가 어쩔 수 없이 긴 한숨을 내쉬며 한발 물러 섰다.

"후! 폐하의 명에 따르겠습니다."

서태후가 위로했다.

"북양대신께서는 아쉽겠지만 다음에 기회를 살펴봅시다."

"그렇게 하겠습니다."

"흠차대신으로는 누굴 보내는 게 좋겠습니까?"

이홍장이 천거했다.

"군기대신인 장지동(張之洞) 대인이 좋을 듯하옵니다."

심보정도 동의했다.

"장 대인이라면 소임을 잘 수행할 수 있을 것이옵니다."

이번에는 좌종당도 반대하지 않았다.

"저도 장 대인은 믿을 만합니다."

서태후가 결정했다.

"좋습니다. 모두의 의견이 합일되었으니 장 대인을 흠차대신으로 임명해 조선에 파견하기로 합시다. 그런데 조선에 군기대신을 사신으로 파견하는 경우는 이번이 처음이지요?"

이홍장이 대답했다.

"그렇습니다. 조선에 군기대신이 파견 나가는 경우는 이번이 처음입니다."

서태후가 지시했다.

"그러면 격식을 제대로 차려서 보내도록 하세요."

이홍장이 두 손을 모았다.

"폐하의 명대로 거행하겠습니다."

모든 논의가 끝나자 서태후는 손을 저었다.

"모두들 그만 물러가세요."

세 사람은 동시에 두 손을 모으고 고개를 숙였다.

7장

청나라는 후금의 수도였던 만주의 심양(瀋陽)을 성경(盛京)에 이어 봉천(奉天)으로 개칭했다. 그리고는 북경에서와 같은 조정을 만들고는 북경보다 낮은 시랑(侍郞)을 장관으로 임명했다.

이 성경 조정이 봉금령 지역을 포함한 만주 지역을 관장하고 있었다. 그래서 조선의 사신은 반드시 이 성경에 먼저 들렀다가 북경으로 가야 한다.

이 성경 조정에서 의주로 전령을 보냈다. 청나라에서 흠차 대신을 파견한다는 소식이 한양에까지 전신으로 긴급히 전해졌다.

조선 정부는 급히 어전회의를 열었다.

국왕의 용안이 침중해졌다.

"군기대신을 흠차대신으로 파견하다니. 이런 경우는 없었던 것으로 아는데요."

외무대신 심순택(沈舜澤)이 몸을 숙였다.

"군기대신이면 청국의 품계로 종1품입니다. 지금까지 본국에 왔던 최고 품계는 종2품 산질대신이었는데 이번에는 의외로 최고위 고관을 흠차대신으로 파견했사옵니다."

"수상, 이게 무슨 의미일까요? 혹여 우리가 병력을 북방에 배치한 것을 따지려는 것은 아닐까요?"

홍순목이 고개를 저었다.

"아직은 알 수가 없습니다."

국왕이 우려했다.

"청국의 특사 파견은 황제나 황후, 태후 등이 붕어했을 때가 아니면 없었습니다. 그런데 갑자기 군기대신이 흠차대신으로 온다니 왠지 걱정이 됩니다."

국방대신 신헌이 나섰다.

"혹여 지난해 벌어진 일본과의 전쟁을 추궁하려는 것은 아닐는지요?"

국왕이 고개를 갸웃했다.

"1년이나 지난 전쟁을 이제 와서 추궁하려 한다고요?"

"본래의 법도대로라면 전쟁을 벌이기 전에 청국에 먼저 통보해야 맞습니다. 그러나 우리는 지난 전쟁에서 청국을 아예 배제했습니다. 이는 지금까지 청국을 상국으로 모셔 오던 관례에서 어긋나는 일이 아니옵니까?"

맞는 말이었다.

조선은 전쟁하려 해도 청국의 동의를 얻어야 했다. 그만큼 조선은 철저하게 청국을 상국으로 모시고 있었으며, 청국도 그런 조선에 나름대로 여러 특혜를 베풀어 오고 있었다.

"국방대신의 말씀은 맞습니다. 그런데 추궁하려면 벌써 했어야지요. 1년이나 지난 지금에 와서 흠차대신을 파견하는 일은 뭔가 이치에 맞지 않는 것 같습니다."

대진이 나섰다.

"청국 내부가 그만큼 어수선하다는 반증일 것입니다. 저희가 파악한 바로는 청국은 조선을 늘 경계해 왔습니다. 그래서 만주에 필기 10만 병력을 주둔시키면서 목줄을 잡아 왔고요. 그러다 백련교도의난과 태평천국의 난을 거치면서 만주의 팔기 병력이 완전히 소멸되었습니다. 남은 병력이라고 해 봐야 거의 패잔병 수준의 무력한 숫자가 전부이지요. 이런 상황이다 보니 우리 조선에 대한 정보 파악이 그만큼 늦어졌을 것입니다."

신헌도 동조했다.

"지금으로선 이 특보의 설명이 가장 현실적입니다. 북경을 다녀오는 사신들의 정보를 취합해 봐도 압록강 지역도 그렇지만 요양과 성경 어디에도 팔기가 거의 보이지 않는다고

했습니다. 그리고 청국에 지금 중요한 것은 우리가 아니라 서양이지 않겠습니까?"

국왕도 동의했다.

"하긴, 지금 청나라에 중요한 건 서양 제국이지 우리 조선은 아니지요."

"그러하옵니다."

국왕이 의견을 구했다.

"그러면 어떻게 해야 할까요? 우리의 개혁 추진 상황을 보면 흠차대신이 크게 놀랄 것입니다. 그러면 이것저것 말이 많을 터인데 개혁 상황을 최대한 감춰야 할까요, 아니면 있는 그대로 드러내는 것이 좋을까요?"

편전이 잠깐 조용해졌다.

그러다 외무대신 심순택이 나섰다.

"신의 생각으로는 당분간은 조심하는 게 좋을 듯하옵니다. 내년이면 우리는 대업을 시작해야 합니다. 그러한 때 지금부터 너무 많은 것을 보여 주면 문제가 발생할 수도 있사옵니다."

"과인도 외무대신의 우려는 이해합니다. 그런데 도로나 철도는 감춘다고 해서 감춰질 일이 아니지 않습니까? 더구나 한양 일대는 그냥 둘러봐도 이전과는 비교할 수 없을 정도로 달라졌고요."

신헌도 동조했다.

"그렇사옵니다. 당장 우리가 입는 관복도 이전과는 완전히 달라진 상황입니다."

대진은 오가는 대화를 들으며 국왕과 대신들을 죽 둘러봤다.

그런 대부분의 사람들은 하나같이 안색이 흐려져 있었다. 대진은 이들이 왜 안색을 흐리고 있는지 어렵지 않게 짐작할 수 있었다.

'개혁을 추진하고 북벌을 눈앞에 둔 상황이다. 그런데도 아직도 모든 사람이 청국에 대한 두려움을 떨쳐 내지 못하고 있구나.'

국왕이 대진을 바라봤다.

"이 특보는 어떻게 생각하시오?"

"저는 왜 고민하시는지 솔직히 이해가 되지 않습니다."

심순택이 바로 나섰다.

"청국의 흠차대신이 온다고 합니다. 흠차대신은 황제에게 전권을 위임받은 대신으로 가히 황제나 다름없습니다. 당연히 걱정할 수밖에 없는 일인데, 왜 이해를 못 하는 거지요?"

"설마하니, 제가 흠차대신에 대해 모르겠습니까?"

"그런데 왜 그런 말을 하시는 거요?"

"우리가 개혁을 추진하는 게 남에게 숨겨야 할 일입니까? 아닙니다. 당당히 알리고 또 알려져야 우리 조선에 대한 위상이 달라집니다. 그것을 위해 지금까지 주상 전하를 비롯한 우리 모두가 노력해 왔던 것이고요."

심순택이 답답하다는 표정을 지었다.

"그걸 누가 모르겠소이까? 그런데 흠차대신이 와서 이런 저런 트집을 잡으면 여러 일이 곤혹스러워집니다. 그리되면 대업에 큰 차질이 빚어질 수도 있어요."

대진은 고개를 저었다.

"숨기려 해도 숨겨지지 않는 게 있습니다. 우리가 지금까지 이룩한 성과는 솔직히 숨겨질 수가 없는 일입니다. 생각해 보십시오. 한강처럼 넓은 강에 철교가 놓였습니다. 과연 청국에 한강철교만큼 긴 다리가 있을 것 같습니까?"

"그야 모르지요."

"절대 없습니다. 그리고 흠차대신이 의주에 도착해서 조금만 주변을 살피면 당장 의주 일대의 병영부터 눈에 들어올 겁니다. 그것은 또 어떻게 감출 수 있겠습니까?"

"잠시 다른 곳으로 이전하면 되지 않겠소?"

"병영을 이전하는 일은 결코 쉽지 않습니다. 그리고 가장 중요한 병사들의 사기는요? 군은 사기로 먹고사는 집단입니다. 지금 우리 군의 사기는 조일전쟁 이후 하늘을 찌르고 있습니다. 그런데 청국의 흠차대신이 온다고 자리를 피하라고 하면 어떻게 되겠습니까?"

"잠시 피하는 게 큰 문제가 된다는 말입니까?"

심순택이 의아한 표정으로 되물었다.

그때 국방대신 신헌이 걱정으로 가득한 표정으로 대답했다.

"바로 떨어질 겁니다."

"아! 그렇습니까?"

"예, 사기는 미묘한 요물입니다. 그리고 이성이 아닌 감정
에 좌우되지요. 만일 흠차대신의 눈을 피해 병영을 옮긴다면
대번에 패배 의식에 젖어 버릴 겁니다."

대진이 말을 받았다.

"그렇습니다. 그렇게 되면 조일전쟁에서 승리하면서 얻은
사기는 그대로 날려 버리게 될 겁니다. 반면 흠차대신이 왔
어도 당당히 상대한다면 그 반대가 될 것이고요."

국왕이 정리했다.

"군의 사기를 위해서라도 당당히 맞서자는 말이군요."

"그렇습니다. 그리고 흠차대신이 무슨 말을 하더라도 한
귀로 흘리면 됩니다. 그보다 저는 주상 전하께서 흠차대신을
향해 허리를 숙여야 하는 일이 더 마음이 좋지 않습니다."

그 말에 국왕의 용안이 붉어졌다.

대진의 목소리가 높아졌다.

"우리는 이미 일본의 항복을 받으면서 자주국임을 천하에
천명했습니다. 그런 우리 조선의 군주께서 청나라 사신에게
고개를 숙여야 한다는 것이 생각만 해도 울화가 치밀어 오릅
니다."

수상 홍순목이 한숨을 내쉬었다.

"후! 그거야 지금까지 행해 왔던 외교 관례이니 안타까워

도 따라야 할 수밖에 없습니다."

편전의 대신들의 안색이 모두 붉어졌다. 국왕이 길게 한숨을 내쉬었다.

"하! 이 특보의 내심은 과인이 잘 압니다. 그러나 이번만큼은 대업을 위해서라도 몸을 숙여야 합니다."

지금까지 침묵하던 대원군이 나섰다.

"이번이 마지막이란 각오를 다집시다. 유종의 미가 될 수 있도록 안타깝지만 의전만큼은 분명하게 해 줍시다."

국왕이 동조했다.

"아버지의 말씀대로 하겠습니다. 그리고 과인도 이번이 마지막이었으면 좋겠습니다."

신헌이 다짐했다.

"예, 꼭 그렇게 되도록 우리 군이 밤낮을 가리지 않고 노력하겠습니다."

수상 홍순목도 약속했다.

"내각에서도 최선을 다하겠습니다."

대원군이 대진을 바라봤다.

"이 특보, 군의 준비 상황은 문제가 없겠지?"

"그렇습니다. 내년 초 녹은 땅이 굳어지면 거병할 수 있도록 만반의 준비가 되어 있습니다."

대원군은 크게 고개를 끄덕였다.

"그래, 그러면 되었어. 이번만큼은 이전과 같은 자세로 흠

차대신을 맞도록 합시다. 그리고 이 특보의 말대로 당당히
있는 그대로를 보여 주도록 합시다."

대원군의 결정이었다.

모두가 고개를 끄덕였다.

"예, 알겠습니다."

보름 후.

흠차대신 장지동이 압록강을 건넜다. 외무대신 심순택이
영접사로 그를 맞으러 압록강 강변에서 기다렸다.

심순택이 두 손을 모았다.

"어서 오십시오. 조선의 외무대신 심순택이라고 합니다."

장지동의 눈이 커졌다.

"외무대신이라니, 지금 외무대신이라고 했소?"

"그렇습니다."

"조선의 조정 직제가 언제부터 바뀐 것이오?"

"몇 년 되었습니다."

"아니, 조정의 직제를 바꾸었는데도 어찌 천조(天朝)의 승
인을 받지 않은 것이오?"

심순택이 의연하게 받아넘겼다.

"직제 개편은 조선의 내정에 관한 사무입니다. 그런 일조

차 청나라의 승인을 받아야 합니까?"

장지동이 버럭 화를 냈다.

"무슨 말을 하는 거요! 제후국이 상국의 지도를 받는 것은 너무도 당연한 처사이거늘, 어찌 그런 말씀을 하시오?"

"아무리 상국이라고 해도 내정 문제까지 관여할 일은 아니라고 생각합니다."

장지동이 한발 물러섰다.

"좋소이다. 그 문제는 귀국의 국왕에게 직접 따지겠소이다."

"그렇게 하시지요."

"그런데."

장지동이 심순택의 아래위를 훑었다.

심순택이 모른 척 반문했다.

"무엇이 잘못되었습니까?"

"아니, 지금 입고 있는 옷이 관복이오?"

"그렇습니다. 이전의 관복은 소매도 길고 옷도 너무 풍성해서 불편했습니다. 그래서 몇 년 전에 지금처럼 관복을 간편하게 수정을 했습니다."

장지동은 분노가 치밀어 올랐다. 그러나 화를 꾹 참고 조목조목 따졌다.

"제후국의 관복은 본래 상국에서 정해 주는 것이거늘 어떻게 마음대로 관복을 바꾼 것이오?"

심순택은 당연하듯 대답했다.

"이 또한 내정에 관한 일입니다. 그리고 연경을 방문하는 사신은 기존의 관복을 그대로 착용하고 있습니다."

"허! 관복 또한 내정이다?"

"물론이지요."

장지동은 너무도 이상했다.

'아니, 이게 대체 어떻게 된 거야. 본래라면 내 말 한 마디에 국왕도 벌벌 떨어야 한다. 그런데 외무대신이란 작자가 어떻게 한 마디도 지지 않으려고 하는 거지?'

의심은 의심을 낳는 법이다.

한 번 의심이 들자 심순택의 말도 그렇지만 주변 분위기도 뭔가 이상한 느낌이 들었다. 장지동은 주변을 둘러보며 의아해했다.

"그런데 흠차대신을 영접하러 나온 사람들이 왜 이렇게 적은 거요?"

"이곳에는 저와 역관만 나왔습니다. 하지만 의주부로 가시면 많은 사람들이 기다리고 있으니 그리로 가시지요."

"좋소이다. 가 봅시다."

장지동이 심순택의 안내를 받아 의주부로 들어갔다. 그런 장지동은 의주관아의 앞에 세워진 큰 건물을 보고 놀랐다.

그가 궁금해했다.

"아니, 저 건물은 무엇이기에 저토록 큰 것이오?"

"기차를 타는 역입니다."

"기차라니? 그게 뭐요?"

심순택이 차분히 설명했다.

"흠차대신께서는 증기기관을 아십니까?"

"그거야 배에서 사용하는 기관 아니오?"

"예, 그런 증기기관을 육지에서 운용하기 위해 만든 물건이 증기기관차입니다. 그리고 증기기관차를 이용해 사람과 화물을 실어 나르는 운송 수단이 기차이고요."

심순택이 손으로 철로를 가리켰다.

"그런 기차는 저렇게 생긴 철로에서만 운행이 가능하지요."

이때였다.

빵!

"오! 기차가 출발하려고 기적을 울리네요."

심순택의 말이 떨어지고 얼마 지나지 않아 기차가 출발했다. 그런 기차는 하얀 수증기를 하늘 높이 내뿜으면서 힘차게 남쪽으로 내려갔다.

장지동이 탄성을 터트렸다.

"대단하구나! 서양에 쇠로 만든 움직이는 기계가 있다는 말은 들었는데 그게 바로 저 물체였어!"

"그렇습니다. 기차는 수백 명의 사람과 수천수만 관의 엄청난 화물을 한꺼번에 수송할 수가 있지요."

"아아!"

장지동은 탄성을 터트리면서 기차가 보이지 않을 때까지

움직이지 못했다. 그런 장지동의 눈에 철도와 함께 부설되어 있는 낯익은 물건이 들어왔다.

"아니! 저것은 전선이 아니오?"

"그렇습니다. 전선이 맞습니다."

장지동이 깜짝 놀랐다.

"조선에도 전신이 도입되었소?"

"예, 도입된 지 몇 년 되었습니다. 그래서 이곳 의주에서 한양을 거쳐 가장 밑에 있는 부산까지 단번에 소식을 전할 수 있게 되었지요."

심순택의 대답은 거침이 없었다.

장지동은 다시 탄성을 터트렸다.

"아아! 놀랍구나. 우리 청국은 금년에 처음으로 북경에서 천진까지 전선을 개설했다. 그런데 조선은 몇 년 전에 전신을 도입했다니. 더구나 청국에는 없는 기차까지 운행되고 있어."

심순택이 권했다.

"그만 가시지요. 의주관아에 대인을 뵙기 위해 사람들이 기다리고 있습니다."

"……그렇게 합시다."

심순택의 말대로였다.

의주관아 앞에는 의주부윤을 비롯한 10여 명의 관리들이 장지동을 기다리고 있었다. 이들은 흠차대신을 보자마자 정중히 인사하며 그의 기분을 풀어 주었다.

의주부윤이 주최하는 연회도 열렸다.

연회는 무희와 기녀까지 동원되어 풍성하고 화려하게 진행되었다. 장지동은 이러한 조선의 환대에 기분이 많이 누그러졌다.

몇 번의 술잔이 돌았다. 분위기가 무르익어 갈 무렵, 장지동이 은근한 목소리로 질문했다.

"그런데 지난해 조선이 일본과 전쟁을 치렀다고요?"

그 물음에 심순택이 눈을 빛냈다.

장지동이 조선에 온 목적이 무엇인지 알게 된 것이다. 심순택은 미리 대진과 여러 경우의수에 대비해 다양한 의견을 주고받았다.

그래서 대답이 쉽게 나왔다.

"예, 맞습니다. 일본과 1년 넘게 전쟁을 치렀지요. 끝난 지도 1년여가 되었고요."

장지동이 질책했다.

"아니, 그런 일이 있으면 상국인 우리 청국에 알렸어야지요. 어떻게 그냥 넘어가게 된 겁니까?"

심순택이 사정을 설명했다.

"그럴 겨를이 없었습니다. 간악한 일본이 갑자기 배를 몰고 와서 통상을 요구했습니다."

장지동이 의아해했다.

"아니, 통상이라니요? 조선과 일본은 오래전부터 통상해

오고 있지 않았습니까?"

"당연히 그랬지요. 헌데 지금까지는 대마도를 중간에 내세워 일종의 간접 교역을 해 왔습니다. 그런 것을 일본이 직접 교역하자며 도발해 온 것입니다."

장지동이 상황을 짐작했다.

"허허, 침략하려고 핑계를 만든 것이구나."

"그렇습니다. 그래서 우리는 일본의 요구를 딱 잘라 거절을 했고요. 그런데 일본은 재차 5척으로 구성된 함대를 몰고 와서 협박했던 것입니다. 다행히 그런 위기 상황을 의병이 궐기해 제압하게 된 것이고요. 그렇게 해서 양국의 전쟁이 시작된 것입니다."

"발단은 통상을 내세운 침략이었단 말이군요."

"그렇습니다. 본국은 본래 상설 병력이 별로 없습니다. 그래서 의병을 모집했는데 의외로 많은 숫자가 지원하게 되었습니다. 그렇게 부랴부랴 병력을 모으고서 일본에 사과와 배상을 요구했지요."

심순택의 설명에는 진실과 거짓이 적당히 섞여 있었다. 그 바람에 장지동은 어느 말이 진실이고 거짓인지를 전혀 알아채지 못했다.

심순택의 말이 이어졌다.

"그런 우리의 정당한 요구를 일본은 거절하였고요. 그러면서 병력으로 모아 도발하려고 하더군요. 우리는 크게 놀랐습니다. 잘못했다간 과거 임진왜란처럼 일본이 침략이라도 해 온다면 큰일이니까요."

장지동은 알아서 짐작했다.

"그래서 조선이 선제적으로 공격을 하게 된 것이군요?"

"그렇습니다. 최선의 방어는 공격이란 말대로 우리가 당하지 않기 위해서라도 먼저 공격하는 것이 최선이었습니다."

장지동이 크게 고개를 끄덕였다.

"《손자병법》에 '적으로 하여금 승리하지 못하게 하는 것이 바로 방어이며, 적에게 승리하는 것은 바로 공격이다.'라는 말이 있지요. 일본이 조선을 침략하려 했다면 선제공격을 가하는 것이 상수이기는 하지요."

심순택의 목소리가 높아졌다.

"그랬습니다. 다행히 모병한 의병들의 사기가 높아서 일본에 상륙하자 파죽지세로 밀어붙일 수가 있었지요. 그럼에도 일본의 반격이 만만치 않아서 전쟁을 1년이 넘게 끌어야 했고요."

"그런데 내가 들은 소문에는 조선이 압승했다고 하던데요."

"거기에는 이유가 있습니다."

"승리한 이유가 있다고요?"

"그렇습니다."

심순택이 사무라이에 대해 설명했다.

"……그렇게 마지막 전투에서 일본은 버리는 패로 사무라이를 대거 투입하게 되었습니다. 이런 사무라이들은 말만 사무라이지 제대로 총도 쏘지 못하는 자들이 태반이었고요."

장지동이 어이없어했다.

"놀라운 일이구나. 아예 사무라이들을 죽으라고 사지로 밀어 넣은 것이구나."

심순택이 동조했다.

"그렇습니다. 그래서 마지막에는 압승을 거두게 되었지요. 그런데 그게 또 문제가 되었습니다."

"무슨 문제가 되었지요."

"일본이 종전 협상을 하는데 포로로 잡은 사무라이의 속량 대금의 지급을 거부한 겁니다. 그렇다고 해서 우리 입장에서 포로들을 그냥 풀어 줄 수는 없는 일이었고요."

장지동은 동감했다,

"그럴 수는 없지요. 목숨을 걸고 싸운 적을 그냥 풀어 줄 수는 없는 일이지요."

"예, 그래서 어쩔 수 없이 10여만의 포로를 본국으로 데리고 와서 노역을 시키고 있는 상황입니다."

"전쟁이 끝난 지 1년이 넘었는데도 포로를 데리고 가지 않는다는 말입니까?"

"예, 그래서 도로공사와 같은 사업에 포로들을 투입하고 있는 상황입니다."

"그래도 공짜 인부가 생겨서 좋기는 하겠습니다."

심순택이 고개를 저었다.

"꼭 그렇지도 않습니다. 본국에서도 먹여만 주면 일을 하겠다는 자들이 줄을 섭니다."

장지동도 동조했다.

"하긴, 우리 청국도 빈민들이 많아서 골치이기는 하지요."

"예, 더구나 일본인들은 추위를 잘 탑니다. 그래서 겨울에는 제대로 일도 시키지 못하고 밥만 축내는 신세가 되지요."

"허허! 포로가 꼭 좋은 것만은 아니군요."

심순택은 고개를 저었다.

"절대 아닙니다. 차라리 송환을 포기하면 마음껏 일을 시키기라도 하지요. 언제 돌아갈지 모르는 상황이어서 그렇게도 하지 못하고 골치입니다."

장지동은 조선이 골머리를 앓고 있다니 은근히 기분이 좋았다. 그가 처음으로 잔을 들면서 건배를 제의했다.

"자 자! 술자리에서 머리 아픈 국사는 거론하지 맙시다. 그러니 머리를 정리한다는 기분으로 쭉 한 잔씩 드십시다."

장지동의 제의로 일제히 잔을 비웠다. 이후 연회는 화기애애하게 진행되었으며 장지동은 대취해서 객사로 들어갔다.

다음 날.

장지동은 처음으로 기차를 탔다.

빵!

덜컹! 움찔!

제동장치가 풀리면서 기차가 진동했다. 처음 기차를 타 보는 장지동은 자신도 모르게 긴장했다.

심순택이 웃으며 설명했다.

"처음 기차가 출발하면 제동장치가 풀립니다. 그때 진동이 울컥 올라오지요."

"그렇군요. 그런데 이 규칙적으로 덜커덩거리는 소리는 뭡니까?"

"아! 그건 철도노선의 재질은 강제여서 일정 길이마다 잘려 있지요. 그래서 그 연결 구간을 통과할 때마다 진동 소리가 들립니다."

"그렇군요."

역을 빠져나온 기차가 속도를 냈다

창밖을 내다보던 장지동이 놀랐다.

"속도가 상당히 빠르네요."

"이 기차는 중간에 평양에 한 번만 들렀다 가는 특급열차입니다. 그래서 다른 기차보다는 운행속도가 더 빠르답니다."

장지동의 질문은 이어졌다.

심순택은 그런 질문에 인상 한 번 쓰지 않고 친절히 대답해 주었다. 덕분에 첫날의 불편했던 감정은 모두 사라져 버렸다.

그렇게 몇 시간이 지났을 무렵.

철커덩! 철커덩!

갑자기 기존의 소리가 아닌 이상한 소리가 들렸다. 장지동이 눈이 휘둥그레지며 밖을 내다봤다.

"아니, 이 기차가 지금 강을 건너고 있는 겁니까?"

"그렇습니다. 지금 이 기차는 청천강을 통과하고 있습니다."

철커덩거리는 소리는 철교를 통과하며 나는 진동음이었다. 장지동은 한동안 그 소리를 들으며 놀라서 입을 다물지 못했다.

"대단하군요. 강이 상당히 긴 것 같은데 그 긴 강에 철교를 부설했군요."

심순택이 상세히 설명했다.

"평양 근처에 가면 보통강과 대동강이라는 큰 강이 또 있습니다. 그 강에도 철교가 부설되어 있지요. 그리고 한양 직전의 임진강에도 철교가 부설되어 있고요. 당연히 작은 하천에는 더 말할 것도 없는 일이지요."

장지동이 연신 감탄했다.

"놀랍습니다. 참으로 놀랍습니다. 우리 청국에도 없는 철교가 조선에 이렇게 잘 놓여 있을 줄은 정말 몰랐습니다."

"청나라도 빠른 시일에 철도나 철교를 부설하지 않겠습니까?"

심순택의 말에 장지동은 고개를 저었다.

"쉽지 않습니다. 아직 이전에 치렀던 서양과의 전쟁의 배상금도 지급하지 못한 상황이어서 예산이 부족합니다."

심순택이 의외의 제안을 했다.

"그러면 민간에 철도를 부설시키면 되지 않겠습니까?"

장지동의 눈이 커졌다.

"민간에 철도를 부설시켜요?"

"그렇습니다. 본국의 철도도 대한무역이라는 기업에서 나라와 공동으로 출자했습니다. 덕분에 의외로 부설 자금이 많이 들어가지 않았지요."

"아! 그랬군요."

심순택의 말을 들으며 고개를 끄덕이던 장지동은 문득 떠올랐는지 문제를 지적했다.

"그런데 철도 건설을 하려면 서양에서 기술을 도입해야 하지 않겠습니까? 그런 과정에 막대한 비용을 지불해야 할 것이고요."

"그러시면 청국과 본국이 합작해서 사업을 펼치는 방안을 검토해 보시지요."

장지동이 깜짝 놀랐다.

"아니, 조선과 합작하자고요?"

"본국 정부가 아니라 대한무역의 자회사인 대한철도라는 회사와 합작하는 겁니다. 그러면 기술도, 자본도 크게 문제가 되지 않을 것입니다."

"조선이 아니라 민간기업과 합작하자?"

"예, 청국에서 가장 왕래가 많은 곳이 북경과 천진 아닙니까? 거리도 500여 리가 되고요."

"그렇지요. 북경과 천진은 왕래가 많지요."

"우선은 그 노선에 부설할 철도부터 합작해 보는 겁니다."

"아!"

"신중하게 검토해 보세요. 우리 조선의 경제가 이렇게 급격히 발전하게 된 가장 큰 원인이 철도라고 해도 과언이 아닙니다."

"그래요?"

"만일 대인께서 생각이 있으시다면 제가 나서서 주선을 해보겠습니다."

장지동의 머릿속이 복잡해졌다.

철도를 처음 탄 장지동은 완전히 철도에 매료되어 버렸다. 그런 상황이었기에 그의 머릿속에는 다른 생각은 전부 없어지고 오직 철도만이 남았다.

"합작으로 사업을 전개해도 문제는 없을까요?"

"민간이 하는 일입니다. 정부에서는 관리만 하면 되고요. 만일 누군가 나서서 합작으로 사업하겠다고 하면 귀국은 단한 푼의 예산도 들이지 않고 나라를 개혁하게 될 겁니다."

그 말에 장지동이 눈을 빛냈다.

본래 장지동은 조일전쟁에 대한 추궁과 조선의 실상을 파악하는 것이 목적이었다. 그런데 철도에 매료되면서 본연의 임무는 뒷전이 되어 버렸다.

장지동이 결정했다.

"좋습니다. 우선 대한무역의 실권자를 만나 논의해 보도록 합시다."

"잘 생각하셨습니다. 만일 일이 잘되어 북경천진철도가 부설될 수 있다면 대인은 청나라에서 '철도의 아버지'로 추앙받게 될 것입니다."

"하하하! 철도의 아버지요?"

"그렇습니다. 서양에서는 큰일을 먼저 해낸 사람에게 그런 식으로 경칭을 붙인다고 합니다."

장지동의 안색이 밝아졌다.

"흐음! 철도의 아버지라니! 생각해 보니 의외로 좋은 말입니다."

기차는 평양에서 잠시 머물렀다가 한양으로 직통했다. 기차는 시속 40여 킬로미터로 달려 의주에서 한양까지 꼬박 12시간이 걸렸다.

장지동과 심순택은 한양까지 오는 동안 많은 대화를 나눴다. 그러다 보니 두 사람은 시간이 지날수록 허심탄회하게 속내를 보일 정도로 가까워졌다.

기차가 한양에 도착하니 날이 꽤 어두워져 있었다. 장지동이 기차에서 내리니 수상과 몇 명의 대신들이 대기하고 있었다.

홍순목이 나섰다.

"조선의 수상 홍순목이라고 합니다."

이어서 동행한 대신들도 자신을 소개했다. 심순택과 가까워진 덕분에 장지동도 의주에서보다 훨씬 부드러워졌다.

그가 웃으며 두 손을 모았다.

"처음 뵙겠습니다. 천조의 군기대신으로 이번에 황명을 받고 온 흠차대신 장지동이라고 합니다."

"먼 길을 오느라 고생이 많으셨습니다. 가시지요. 귀인을 모시기 위해 마차가 대기하고 있습니다."

정중하지만 비굴하지 않았다. 장지동이 그런 홍순목의 모습에 고개를 끄덕이며 대답했다.

"고맙습니다."

12시간을 달려온 기차였다.

그 바람에 장지동은 곧바로 숙소인 남별궁(南別宮)으로 안내되었다. 밤이 너무 깊은 탓에 이날은 연회가 열리지 않았다.

다음 날.

국왕이 백관을 대동하고 남별궁을 찾았다. 그리고 상국의 칙사에 대한 예로써 장지동을 맞았다.

장지동이 일본과의 전쟁에 대해 추궁하려 했다. 그러나 심순택으로부터 대강의 사정을 들었다. 더구나 철도를 도입해 가고 싶은 내심에 국왕과의 접견은 의외로 쉽게 넘어갔다.

이어서 연회를 열었다.

국왕이 주최하는 연회답게 장악원의 악사와 무희 들이 참

여했다. 대낮부터 시작된 이날의 연회는 해가 져서야 끝이
났다.

다음 날에는 대원군이, 그다음 날에는 수상인 홍순목이 주
최하는 연회가 이어졌다. 사흘 동안의 연회가 이어지면서 장
지동은 기꺼웠다.

자신을 환대한다는 의미는 그만큼 청나라를 섬긴다는 것
이나 다름없었기 때문이다. 그래서 시간이 지날수록 갖고 있
던 의심을 내버리고서 편하게 향락을 즐겼다.

이날 운현궁에 몇 사람이 모였다.

대원군이 확인했다.

"청국 특사는 오늘 어떤가?"

남별궁을 다녀온 심순택이 보고했다.

"이제보다 더 갈 놀고 있습니다. 아마도 의심을 완전히 거
둔 것 같습니다."

"심 대신이 먼저 고생을 많이 한 덕분이야. 그자를 접대하
느라 고생 많았어."

"그렇기는 합니다만 장지동 대인이 철도에 이렇게 관심을
많이 보일 줄은 몰랐습니다."

이러면서 대진을 바라봤다.

"이 특보와 미리 짜 놓았던 계획이 너무도 잘 맞아떨어진
덕분입니다."

대진이 고개를 숙였다.

"예상외의 성과입니다. 계획을 잘 짠 것도 있지만 이번에 온 청국 특사가 신문물에 대한 관심이 예상 이상인 점이 주효했습니다."

심순택도 동조했다.

"맞는 말씀이오. 내가 청국 철도의 아버지가 되라고 하니 그게 뇌리에 아주 각인되었나 보오."

"내일 저를 보고 싶다고 했다고요?"

"철도 합작을 위해 대한무역 사람을 만나 보고 싶다는 의향을 보였소이다."

"알겠습니다. 내일 제가 직접 만나 보지요."

대원군이 확인했다.

"합작 사업을 추진하려고?"

"대업과는 별개로 추진해 보려고 합니다. 그리고 상해도 본격적으로 개발해야 하니 합작 사업의 대가로 그 문제도 해결하고요."

대원군이 우려했다.

"그런 일들은 전부 대업 이후로 미루는 것이 좋지 않겠나? 실컷 협상했다가 전쟁이 벌어지면 청국이 협상을 모두 무효로 돌릴 수가 있잖아."

"우리가 패전하면 그렇게 되겠지요. 그러나 우리가 승리하게 되면 아무리 불평등한 조약이라도 청국은 지킬 수밖에 없습니다."

대원군도 고개를 끄덕였다.

"맞아. 이기면 끝나는 일이기는 하지."

"예, 그래서 합작철도사업도 거론하고, 상해 개발도 거론하려고 합니다."

"알았어. 기왕이면 최대한의 성과를 얻어 보도록 하게."

"노력해 보겠습니다."

다음 날, 대진이 남별궁을 찾았다.

남별궁에는 심순택이 먼저 와 있었다.

대진이 먼저 인사했다.

"처음 뵙겠습니다. 대한무역의 전무이며 왕실특별보좌관인 이대진이라고 합니다."

장시동이 고개만 까딱했다.

"청국에서 온 장지동이라고 하오."

"대인께서 철도 합작을 논의해 보고 싶다고 해서 찾아왔습니다."

"그렇소이다. 대한무역이라는 회사가 철도부설에 대한 기술력이 있다고 하던데, 맞소?"

"그렇습니다."

"허면 우리 청국과 합작 사업이 가능하겠소?"

대진이 긍정적으로 대답했다.

"서로의 이해관계만 맞으면 못할 것도 없지요. 그러나 그러기 위해서는 수익이 분명히 확인되어야 합니다. 아울러 투자 권리에 대한 확실한 보장도 필요하고요."

"권리 보장은 확실히 해 줄 수가 있소이다. 그러나 수익성 분석은 그대들이 해야 하지 않겠소?"

"그렇기는 합니다. 그런데 합작의 주체는 어디입니까? 청국 조정입니까, 아니면 개인 상단입니까? 그도 아니면 지방 정부입니까?"

"누가 해도 관계가 없는 거 아니오?"

대진은 고개를 저었다.

"관계가 많습니다. 개인과 합작하면 철저하게 수익을 먼저 생각하게 됩니다. 그래서 추진도 쉽고 투자금의 회수도 쉽지요. 하지만 청국 조정이나 정부가 주도하면 수익보다 국가 발전과 같은 사업 이외의 상황이 고려됩니다. 그리되면 사업 진행이 이런저런 이유로 늦어지지요."

"개인과 합작하는 것이 좋다는 거로구나."

"꼭 그렇지는 않습니다. 그러나 노선 결정과 사업 운영권을 청국이 민간에 넘겨준다면 사업 추진은 당연히 원활하게 진행될 것입니다."

장지동이 이마를 찌푸렸다.

"그 말은 우리는 돈만 대고 모든 것을 넘겨줘야 한다는 뜻 아닌가?"

"그렇지 않습니다. 청국은 철도부설은 물론 운용에 대한 경험이 전무합니다. 그러기 때문에 사업을 시작하면 우리가 주도할 수밖에 없지 않겠습니까? 더구나 철도는 개통 이후의 유지 관리가 아주 중요한데 이러한 경험도 청국은 일천하고요."

"끄응! 어쩔 수 없이 권한을 넘겨주어야 한다는 거로구나."

"그렇습니다. 그 대신 철도는 공공재입니다. 그래서 열차 운임은 청국과 협의해서 결정하게 되므로 청국에도 손해는 아닐 것입니다."

"열차 운임은 협의해서 결정한다?"

"그렇습니다."

대진은 한동안 철도의 장점에 대해 설명했다. 이미 철도에 대한 매력에 빠져 있던 장지동은 연신 고개를 끄덕이며 경청했다.

"좋소. 내 돌아가서 적당한 민간사업자를 찾아보리다. 그런데 첫 노선은 어디가 좋겠소?"

"첫 노선은 시범사업 성격을 띱니다. 그래서 우리 조선은 가장 왕래가 많은 한양과 제물포 간의 노선을 처음으로 부설했지요. 마찬가지로 청국도 북경과 가장 왕래가 많은 천진 노선이 최적이라고 생각됩니다."

"역시 그대도 북경과 천진 노선이 최적이라고 생각하고 있군요."

"현장 답사를 해 봐야겠지만 천진과 북경 사이에는 산악지

대가 없는 것으로 알고 있습니다. 큰 강도 없고요."

장지동이 동의했다.

"그렇소이다. 북경과 천진에는 얕은 구릉이 있을 뿐 산은 없소이다. 하천은 몇 개 있지만 위치를 잘 조정하면 그 또한 별문제가 되지 않을 거요."

심순택이 거들었다.

"청나라에서 물자와 사람의 왕래가 가장 많은 노선이기도 하지요."

장지동도 동의했다.

"그 말도 맞소이다."

대진이 장지동의 의사를 확인했다.

"허면 그 노선을 먼저 부설하실 것입니까?"

장지동이 고개를 끄덕였다.

"내 생각은 그렇소이다. 그러나 이 문제는 국가 대사이니만큼 돌아가서 조당의 의견을 모아야 하오. 특히 섭정하고 계시는 서태후 폐하의 의중도 확인해야 할 일이오."

그러자 대진이 한발 물러섰다.

"연락이 올 때까지 기다리겠습니다."

"그러시오."

논의가 긍정적으로 끝나자 분위기는 아주 화기애애해졌다.

장지동은 철도부설이라는 의외의 성과에 무척 고무되어 있었다. 그런 분위기를 적당히 봐 가며 대진이 말을 돌렸다.

"그리고 연전에 상해 일대에 토지를 매입해 우리 조선인들의 활동지로 만들겠다고 허락받은 적이 있습니다. 그 일을 이번에 추진하려고 합니다."

장지동도 아는 사실이었다.

"내무부에서 허가해 주었으니 그대로 시행하면 되겠지요. 헌데 지역은 어디로 생각하고 있소?"

"서양조계지의 건너편인 황포강의 동안입니다."

장지동이 생각지 않은 지역이었다.

"호오! 그래요? 서양 국가들은 상해현성의 옆에 조계지를 설정했는데 조선은 황포강의 건너편을 개발하겠다는 거요?"

"그렇습니다."

장지동이 즉각 동의했다.

"그 지역이라면 께고 말고도 없소이다. 본관이 알기로 그 지역은 개발이 거의 이뤄지지 않은 한낱 농지에 불과하오. 더구나 강이 있어서 화이별거(華夷別居)의 취지에도 아주 부합되는 땅이오. 그러니 내가 흠차대신의 자격으로 있는 동안 개발에 대한 확인서를 써 주리다."

장지동이 화양별거가 아닌 화이별거라는 말로 조선을 슬쩍 낮췄다. 그런 그는 즉석에서 확인서를 써 주고 날인까지 해 주었다.

대진이 서류를 받고 고개를 숙였다.

"감사합니다. 일을 추진하는 데 큰 도움이 될 것입니다."

"그런데 얼마나 넓은 면적을 개발하기에 나에게까지 부탁한 것이오?"

"10~20만 평 정도를 예상하고 있습니다."

장지동이 큰 관심을 보였다.

"그 정도면 결코 작은 면적은 아니구나. 그런데 그렇게 넓은 면적을 어디에 쓰려고 개발하는 것이오?"

"청국 강남은 인구가 많습니다. 그래서 대규모 공장을 건설하려고 생각 중입니다."

장지동이 크게 놀랐다.

서양은 청국을 침략과 침탈의 대상으로만 생각해 왔다. 그래서 지금까지 대규모 공장을 청국에 지은 경우가 한 번도 없었다.

"대규모 공장을 짓겠다니, 무슨 공장을 짓겠다는 거요?"

"청국의 일반 백성이 사용할 수 있는 각종 공산품을 생산하려고 합니다. 아울러 기회가 되면 설탕 공장도 건설할 생각이고요."

그 말에 장지동이 더 큰 관심을 보였다.

"공산품이라고 했소? 그리고 설탕 공장까지?"

"그렇습니다."

대진은 자신의 계획을 차분히 설명했다. 그 말을 들은 장지동이 격하게 반응했다.

"놀라운 일이오. 지금까지 서양은 우리 청국에 투자를 거의 하지 않았소. 단지 아편을 팔아먹거나 녹차나 생사(生絲) 등의 농산물을 수입해 간 것이 고작이었소. 헌데 조선에서 이토록 훌륭한 투자계획을 갖고 있을 줄은 몰랐소이다."

그가 찻잔을 비우고서 질문했다.

"혹시 내가 더 도와줄 일은 없겠소? 혹시 토지가 더 필요하지는 않겠소?"

장지동이 먼저 도와주겠다고 나섰다. 그런 기회를 그냥 흘려 버릴 대진이 아니었다.

8장

"토지는 많을수록 좋습니다. 그리고 우리 주민이 활동하는 데 제약이 없었으면 좋겠고요."

이러면서 슬쩍 치외법권을 거론했다.

그러자 장지동이 대번에 난색을 보였다.

"어려운 일이오. 미안하지만 서양과 같은 혜택은 줄 수가 없소이다."

대진도 처음부터 모든 조건을 받아 낼 생각은 없었다. 그래서 자연스럽게 한발 물러서며 제안을 수정했다.

"그러면 우리 거주지 내에서 발생한 조선인의 범죄에 대한 관할만을 넘겨주십시오. 만일 청국 사람이 범죄를 저지른다면 추방과 함께 귀국에 죄인을 인도하겠습니다."

장지동이 침음했다.

"으음!"

그러나 그의 고심은 오래가지 않았다.

"좋소. 그건 그렇게 조치해 주리다."

"감사합니다."

"그런데 이름은 무어라고 지을 것이오? 혹여 서양처럼 조계(租界)라는 명칭을 넣을 것이오?"

대진이 고개를 저었다.

"아닙니다. 조계라는 말 속에는 차별이 은연중에 내포되어 있습니다. 그래서 우리는 조선관(朝鮮館)이란 명칭을 사용하려고 합니다."

"오! 북경에 있는 고려관(高麗館)처럼 관을 붙이겠다는 말씀이오?"

"그렇습니다."

"그런데 조선관의 부지를 매입하겠다고 했소?"

"예, 나중에라도 문제의 소지를 없애기 위해 정식으로 매입하려고 합니다."

장지동이 크게 고개를 끄덕였다.

"좋은 생각이오. 이런 일은 서로가 깔끔하게 처리하는 것이 좋지. 그러면 부지는 30만 평이면 적당하겠소?"

부지가 처음보다 훨씬 넓어졌다. 대진이 두 손을 모아 쥐면서 고마워했다.

"그리만 해 주신다면 더없이 좋겠습니다."

"좋소이다. 지필묵을 다시 주시오."

장지동은 그 자리에서 흠차대신의 이름으로 30만 평의 조선관 부지를 결정해 주었다. 그리고 현지 관리인 지현(知縣)에게 민가가 있으면 전부 이주시키라는 명령서까지 따로 작성해 주었다.

"이 정도면 지현도 조선관 건설에 적극 도움을 줄 것이오."

대진이 다시 두 손을 모았다.

"대인의 통 큰 결정에 감사드립니다."

장지동은 고개를 저었다.

"아니요. 공장이 들어서면 우리 백성을 많이 채용하지 않겠소? 나는 그런 일이 생기는 것만으로도 조선에 감사하오이다."

의외의 결과였다.

철도 도입은 대진이 심순택과 머리를 맞댄 성과이기는 했다. 그러나 상해조선관 30만 평은 전혀 생각지 않은 결과였다.

대진이 은근히 조언해 주었다.

"기회가 된다면 대인께서 철도 투자자를 직접 모집하시지요. 그렇게 모은 투자자금으로 철도 합작 사업을 추진하셔도 됩니다."

장지동이 깜짝 놀랐다.

"오! 그런 방법이 있었소?"

"예, 이는 대인께서 상해에 배려해 주신 것에 대한 보답 차원으로 말씀을 드리는 것입니다. 북경과 천진의 철도부설은 무조건 성공할 수밖에 없는 사업입니다. 그런 황금 노선에 지분이 있다는 것은 대인께서 하수분(河水盆)을 하나 갖고 계시는 거나 진배없습니다."

대진이 이어서 철도부설에서 얻게 될 수익에 대해 설명해 주었다. 그 말을 들은 장지동은 두 손을 모아 쥐고는 연신 흔들었다.

"참으로 귀한 조언 고맙소이다."

대진의 배려로 엄청난 선물을 받은 셈이었다. 덕분에 이후의 일은 일사천리로 진행되었다.

장지동은 며칠 더 머물렀다.

그러는 동안 거의 대진과 만났다. 그는 그때마다 철도에 관한 지식을 하나라도 더 알아내려 했다.

대진은 이런 기회를 그냥 흘려 버리지 않았다. 장지동의 의도를 적절히 맞춰 주면서 청국의 내부 사정을 알아냈다.

장지동은 대진의 진의를 모른 채 청국 내부 사정을 비교적 상세히 알려 주었다. 덕분에 밀정 수십을 파견한 것보다 많은 정보를 얻을 수 있었다.

장지동이 돌아가는 날.

남별궁에 국왕이 다시 친림해 송별연을 열어 주었다. 장지동은 국왕에게 사은하고는 대진과 의주까지 대동해 가며 이별을 아쉬워했다.

의주에서 돌아온 대진이 바로 입궁했다. 별궁의 편전에는 대원군과 군의 수뇌부 그리고 수상 등이 들어와 있었다.

대원군이 위로했다.

"며칠 특사를 상대하느라 고생이 많았네."

"아닙니다. 그가 철도에 대한 관심이 많은 덕분에 수월하게 넘어가서 다행입니다."

"그러게 말이야. 장 대인이 철도에 그렇게 관심이 많을 줄 몰랐어."

"모두가 외무대신께서 잘 대처하신 덕분입니다."

심순택이 웃으며 고개를 저었다.

"하하! 아니오. 나는 그의 호기심을 유발시킨 것뿐이야. 일은 이 특보가 다하지 않았나."

대원군도 인정했다.

"맞는 말씀이야. 이번에 청국 특사의 관심을 철도로 돌려놓은 것은 오로지 이 특보의 공이야. 더구나 상해조선관도 30만 평으로 넓어지지 않았는가?"

"맞는 말씀입니다."

대진이 고개를 숙였다.

"좋게 봐주셔서 감사합니다."

"그건 그렇고, 상해에 직접 넘어가 보겠다고 했나?"

대진이 대답했다.

"그렇습니다. 이번에 흠차대신으로부터 필요한 서류를 받은 만큼 제가 직접 넘어가서 부지를 선정하려고 합니다. 아울러 해당 현의 지현과도 협상해서 도움을 받아 내야 하고요."

국왕이 동의했다.

"이 특보라면 잘해 낼 수 있겠지요. 가시는 길에 유구도에도 들러서 돌아가는 사정을 직접 확인하고 와 주었으면 좋겠네요."

"그렇게 하겠습니다."

대원군이 손인석을 바라봤다.

"전군총사, 내년의 북벌은 차질이 없겠습니까?"

"지금까지 아무런 문제 없이 잘 진행되고 있습니다."

"북방의 겨울은 많이 혹독합니다. 그러는 그에 대한 준비에 차질이 없어야 할 것입니다."

"걱정하지 마십시오. 이미 한 번의 경험을 한 터라 지난해처럼 애먹지는 않을 것입니다."

"지난해 동상이 걸린 병사들이 많이 나왔지요?"

손인석이 아쉬워했다.

"안타깝게도 그렇습니다. 그래서 이번 겨울에는 모든 병사들에게 방한모와 방한복을 지급할 예정입니다."

국왕이 놀랐다.

"오! 모든 병사들에게 방한 장비를 전부 지급한단 말씀입니까?"

"그렇습니다. 대한무역에서 이번에 서양으로부터 양털을 대량으로 수입했습니다. 그 양털로 방한모와 방한장갑을 만들고 삼남에서 구입한 목화솜으로 방한복을 만들 예정입니다."

국왕이 크게 기뻐했다.

"잘되었군요. 방한 장구가 그 정도면 이번 겨울은 고생하지 않겠군요."

"그렇습니다. 막사에도 석탄 벽난로가 전부 보급했습니다. 그래서 이번 겨울만큼은 지난해보다 넘기기가 훨씬 쉬울 것입니다."

국왕이 아주 흡족해했다.

"다행입니다. 참으로 다행입니다."

대원군이 확인했다.

"수군 상황은 어떻습니까?"

"철저하게 훈련에 임하고 있습니다. 특히 상륙작전에 대비해 각 함대별로 별도의 수송함대를 편성해서 훈련하고 있습니다."

"요즘도 사략작전은 계속 추진하고 있지요?"

"그렇습니다만 요즘은 실적이 거의 없습니다."

"프랑스만 상대해서 그렇습니까?"

"아무래도 그런 경향이 없지 않습니다."

홍순목이 확인했다.

"요즘도 다른 나라 국기를 내거는 경우가 많다고요?"

송인석이 아쉬워했다.

"맞습니다. 그런 경우가 많아 더 실적을 못 내고 있는 상황입니다. 그리고 본국도 금년에 조선용 후판 생산에 성공했습니다. 그래서 앞으로는 사략작전으로 함정을 늘리는 것보다는 직접 건조에 무게를 실을 생각입니다."

"직접 건조만 할 수 있다면 더없이 좋은 일이지요."

"다행히 우리 마군에는 선박 건조에 경험이 많은 사람이 몇 있습니다. 더구나 설계도도 상당히 보관되어 있고요. 그래서 금년 여름부터 1,000톤급 함정을 건조하기 시작했습니다. 이런 추세가 지속된다면 서양과의 격차를 최대한 빨리 줄여 나갈 수 있을 것입니다."

"기대가 많습니다."

대원군이 대진을 바라봤다.

"이 특보, 상해 출장에 도와줄 일이 있나?"

"없습니다. 필요한 것이 있으면 대한무역을 이용하겠습니다."

"그렇게 하게."

며칠 후.

대진이 출장길에 올랐다.

대한무역 상무 송도영이 대진을 환대했다.

"어서 오십시오, 특보님. 오랜만에 뵙습니다."

"그래, 오랜만이야. 어떻게 일은 잘되어 가고 있지?"

"예, 너무 잘되어서 문제입니다."

대진이 웃었다.

"하하하! 무슨 대답이 그래?"

"플라스틱 그릇 판매가 잘 팔리다 못해 폭발적입니다. 새로 나온 신약도 마찬가지고요. 그 바람에 공장이 3교대로 돌아가고 있는데도 수요를 충족시키지 못하는 중입니다."

"공장을 증설해야겠구나."

"예, 그래서 전국 각지에 대대적으로 공장을 신축하고 있는 중입니다."

"뭐, 앞으로 수십 년은 독점해야 할 터이니 많이 지으면 좋겠지. 그리고 이번에 왔던 청나라 흠차대신과 협상해서 상해조선관을 30만 평으로 넓히기로 했어. 그곳에도 공장을 신축했으면 해."

"기술이 유출되지 않을까요?"

송도영이 걱정스레 물었다. 그 모습에 대진이 웃었다.

"하하! 지금의 청나라 기술로 어떻게 플라스틱의 원료를 생산할 수 있겠어. 유럽도 합성수지를 생산하려면 상당한 시일이 필요해. 더구나 특허도 걸려 있잖아."

송도영도 고개를 끄덕였다.

"하긴, 그렇습니다."

"이번에 상해로 넘어가 조선관의 위치를 확정지으려고 해. 그리고 주상 전하의 명으로 류큐에도 들러 봐야 하고."

"그러면 저하고 함께 가시지요."

"바쁘지 않겠어?"

송도영이 으쓱했다.

"마음이 바쁘지 몸이 바쁘지는 않습니다. 그리고 이번에 홍삼을 가져가야 해서 어차피 제가 직접 넘어가야 하고요."

"홍삼 판매는 여전히 잘되고 있지?"

"물론입니다. 매월 1만 근의 홍삼이 꾸준히 판매되고 있습니다."

"놀라운 일이야. 매월 그만큼의 홍삼이 팔리는 걸 보면 청나라에는 사람도 많고 돈 많은 지주도 많아."

"그러게 말입니다. 배가 내일 일찍 출항하니 오늘은 이곳에서 하루 주무시지요."

"그러지."

다음 날.

대진은 송도영과 함께 배에 올랐다.

그리고 이틀 후 상해에 도착했다.

대진이 선착장을 둘러보며 놀랐다.

"이야, 상해도 많이 발전했구나. 2년 전에 왔을 때와는 또 달라졌어. 정박해 있는 배도 엄청나게 늘어났고 말이야."

송도영도 동조했다.

"맞습니다. 상해는 한 해 한 해가 다릅니다. 우리가 가세해서 그런지 기록에 나와 있는 것보다 발전 속도가 훨씬 더 빠른 것 같습니다."

대진도 인정했다.

"아무래도 우리의 참여가 상해 발전에 상당한 도움이 되고 있을 거야."

"상해조선관이 들어서게 되면 더 폭발적으로 성장할 것입니다."

"그렇겠지."

대진은 해관 관리가 올 때까지 기다렸다.

송도영이 손을 들어 가리켰다.

"저기 해관 관리가 오네요."

"양용 대인은 아직도 있나?"

"물론입니다. 거의 우리 전속이라고 보시면 됩니다."

대진이 크게 웃었다.

"하하하! 송 상무가 인사를 잘했나 보네."

"예, 빠트리지 않고 챙겨 주고 있지요."

대화하는 사이 양용이 도착했다.

양용은 배에서 내려 준 나무 사다리를 타고 갑판으로 올라갔다. 갑판에 올라선 양용이 대진을 보고 두 손을 모아 쥐며

흔들었다.

"오! 이게 누구십니까?"

대진이 웃으며 두 손을 모았다.

"하하하! 저를 알아보시겠습니까?"

"물론이지요. 이 대인을 제가 어찌 잊겠습니까? 그런데 너무도 오랜만에 오셨네요."

"예, 본국에 일이 많아서 자주 찾아뵙지를 못했습니다."

"들리는 소문에 조선과 일본이 전쟁을 벌였다고 하던데요. 어떻게, 피해는 없었습니까?"

"물론이지요. 이번 전쟁은 일본에서 치러졌던 거라 조선에는 조금의 피해도 없었습니다."

"다행입니다."

양용이 송도영을 바라봤다.

"이번에는 무엇을 싣고 오셨습니까?"

"예, 홍삼 1만 근하고 플라스틱 그릇을 가져왔습니다. 그리고 대인께 드릴 물건을 따로 챙겨 왔지요."

그 말에 양용이 반색했다.

양용이 두 손을 쥐고 흔들었다.

"늘 신경을 써 주셔서 감사합니다."

"아닙니다."

송도영이 손짓하자 선원이 나무 상자를 가져왔다. 송도영이 나무 상자를 열자 그 안에는 순백색의 플라스틱 그릇이

세트로 놓여 있었다.

"이번에 본국에서 만든 최고급품입니다. 모두 10벌을 따로 챙겨 왔으니 요긴하게 사용하세요."

"감사합니다. 정말 감사합니다."

양용은 몇 번이고 인사했다. 그러고는 형식적으로 배를 검문하고는 서둘러 내려갔다.

이어서 낯익은 인물이 올라왔다. 송도영이 현지에서 채용했던 이주량이었다.

송도영이 손을 내밀었다.

"이 서기, 잘 있었나?"

이주량이 공손히 손을 맞잡았다.

"예, 상무님. 오는 데 불편하지는 않으셨습니까?"

"편안히 잘 왔네. 우리 특보님은 이 서기도 알고 있지?"

"물론입니다. 오랜만에 이주량이 특보님께 인사드립니다."

"반가워, 이 서기."

인사를 마친 이주량이 인부들을 불렀다. 그러고는 능숙하게 가져온 물건을 하역하게 했다.

대진은 그런 모습을 잠시 바라보다가 사무실로 내려갔다. 사무실에는 플라스틱 그릇을 받기 위해 10여 명의 청국 상인들이 대기하고 있었다.

송도영이 보이자 청국 상인들이 몰려들었다. 이들 중 1명이 다짜고짜 확인부터 했다.

"대인, 플라스틱 그릇을 가져오셨습니까?"

"예, 풍족하지는 않지만 꽤 가져왔지요."

"제가 전부 사겠습니다."

그러자 다른 상인이 나섰다.

"아닙니다. 제가 사겠습니다."

또 다른 상인이 나섰다.

"저는 아예 금을 찾아서 가져왔습니다. 허니 물건을 제게 넘겨주십시오."

"무슨 소리요? 돈은 나도 당장 지급해 드릴 수 있습니다."

이때부터 아귀다툼이 벌어졌다.

송도영은 10여 명의 청국 상인들 사이에서 곤욕을 치렀다. 그러다 현지 직원 몇 명이 뜯어말려 겨우 사무실로 들어갈 수 있었다.

대진이 위로했다.

"고생 많았어. 플라스틱용품이 이 정도로 인기가 많을 줄은 몰랐네."

송도영은 고개를 저었다.

"아이고! 완전 전쟁입니다, 여기도 그렇지만 유럽도 아주 선풍적인 인기를 끌고 있습니다."

"새로 나온 신약과 더불어 조선에 대한 이미지가 확실히 각인되었겠구나."

"분명 그렇게 되었을 겁니다. 그리고 조일전쟁에서 압승한 것도 우리 조선을 유럽과 미국에 알리는 데 크게 기여했습니다."

대진도 동의했다.

"그랬겠지. 유럽에서는 일본은 알아도 조선을 모르는 사람은 많았을 거야. 그런 유럽에서 지난 전쟁에서 승리한 사실이 알려지면서 조선을 다시 보게 되었겠지."

"맞습니다. 그리고 거래량도 이전과는 비교할 수 없을 정도로 늘어났고요. 그 바람에 우리만 죽어나고 있는 중입니다."

"어쩌겠어. 공장이 증설될 때까지는 이렇게 버틸 수밖에."

"내일 호경여당에 홍삼을 넘겨주어야 하는데 같이 가 보시겠습니까?"

"물론이지. 호광용 대인과 상의할 문제도 있고 하니 함께 가 보자."

다음 날.

대진은 송도영과 함께 호경여당을 방문했다. 마침 호광용이 홍삼을 받기 위해 상해에 올라와 있었다.

호광용이 크게 환대했다.

"어서 오십시오. 오랜만에 뵙습니다."

"예, 그간 잘 계셨습니까?"

"하하하! 저야 늘 여전하지요."

대진과 호광용은 한동안 인사를 주고받았다. 호광용이 대진을 자신의 집무실로 안내했다.

"앉으시지요."

"감사합니다."

호광용은 하인이 가져온 차의 뚜껑을 열었다. 그리고 찻잎을 후후 불어 가며 한 모금 마셨다.

대진도 찻잎을 불어 가며 차를 마셨다. 그러자 그윽한 차향이 입안에 가득 퍼졌다.

"차가 향이 아주 좋습니다."

"예, 용정차인데 입에 맞으시면 가실 때 조금 싸 드리겠습니다."

"감사합니다."

"헌데 오늘은 어인 행차신지요?"

"이번에 상해에다 조선관을 설치하게 되었습니다."

호광용의 눈이 커졌다.

"조선관이라면 건물을 지으시겠다는 겁니까?"

"건물이 아니라 서양의 조계지와 같은 조선인 거주지를 설치할 겁니다."

"오! 그래요? 그러면 공공조계 옆에 설치하실 겁니까?"

대진은 고개를 저었다.

"아닙니다. 우리 조선관은 서양조계의 맞은편인 황포강의 건너편에 설치할 겁니다."

"그러면 천사(川沙)현에 설치한다는 말이군요."

"아! 포동 지역이 천사현이었습니까?"

"그렇습니다. 그런데 공공조계 옆에다 조선관을 설치하지 않고 왜 포동에다 설치하려는 겁니까?"

"대규모 공장을 지을 예정입니다. 그러기 위해서는 부지도 넓어야 하고 해서 포동에다 자리를 잡으려는 겁니다."

그 말에 호광용이 놀랐다.

"공장을 지으신다고요?"

"그렇습니다."

"놀랍군요. 서양의 어떤 나라도 우리 청국에 공장을 짓지 않습니다. 그런데 조선은 시작부터 공장이라니요. 한데 무슨 공장을 지으실 예정인지요?"

"우선은 청국에 필요한 설탕 공장을 지을 예정입니다. 그리고 이번에 새롭게 만든 플라스틱 그릇 공장도 지을 것이고요."

호광용이 대번에 관심을 보였다.

"설탕 공장과 플라스틱 그릇 공장을 짓는다고요?"

"그렇습니다."

호광용이 즉석에서 제안했다.

"대인, 그 사업에 제가 투자할 수 있겠습니까?"

생각지도 않은 제안이었다.

"호 대인께서 투자를 하신다고요?"

"그렇습니다. 필요하다면 공장 설립에 필요한 자금을 전부 부담하겠습니다. 그러니 저와 함께 합작하시지요."

대진이 슬쩍 발을 뺐다.

"공장 설립 자금을 모두 댄다고 해서 지분을 많이 줄 수는 없습니다."

호광용이 두말하지 않았다.

"물론이지요. 두 공장 모두 기술이 더 중요하다는 정도는 저도 잘 알고 있습니다."

"하하! 이거 참, 갑작스러운 제안이어서 뭐라 답을 드릴 수가 없네요."

호광용의 목소리가 진지해졌다.

"이 대인의 조언대로 저는 지난 2년간 사업을 조정하고 있는 중입니다. 전장(錢莊)에서의 신용 대출도 제한을 두고 있고 생사 매입도 신중을 기하고 있습니다."

대진이 크게 고개를 끄덕였다.

"잘하고 계십니다. 생사 매입도 문제지만 전장에서의 신용 대출이 너무 과하면 자칫 전장 사업 전체를 뒤흔들어 놓을 수가 있습니다."

호광용도 인정했다.

"맞는 말씀입니다. 그 대신 호경여당을 기반으로 한 약재 사업은 대폭 확장하는 중이지요. 아시겠지만 지금 홍삼을 비롯한 조선에서 개발하는 신약으로 엄청난 수익을 거두는 중입니다. 그 바람에 유휴자금이 엄청나게 쌓여 가고 있지요. 그러니 투자는 조금도 걱정하지 마십시오."

"흠!"

호광용이 간청했다.

"설탕은 앞으로 필수품이 될 것입니다. 아울러 플라스틱으로 만든 각종 그릇은 도자기를 빠르게 대처할 것이고요. 그래서 대인께서도 상해에 두 공장을 지으려는 것일 겁니다. 허니 그 사업에 제가 투자할 수 있도록 배려해 주셨으면 고맙겠습니다. 자금은 제가 모두 대겠습니다."

"상당한 자금이 들어갈 터인데요."

"충분히 감당할 자신이 있습니다."

"많은 지분을 드릴 수도 없고요."

"당연히 감수할 수 있습니다."

"하!"

호광용은 새로 추진하려는 사업이 큰 수익이 남는다는 사실을 너무도 잘 알고 있었다. 그래서 지분을 적게 받아도 무조건 합작하자고 덤벼들었다.

대진은 난감해졌다.

지금까지 호광용과의 거래로 막대한 수익을 거둬 오고 있었다. 그런 수익 덕분에 개혁에 큰 도움이 되고 있는 것도 사실이었다.

그런 상황에서 모질게 그의 투자 제안을 거부하기는 어려웠다. 그리고 그의 적극적인 투자가 현실적으로도 나쁜 것만은 아니었다.

고민 끝에 대진은 결정을 보류했다.

"우선은 조선관의 부지 문제부터 정리하고 결정하지요."

호광용이 두 손을 모아 쥐었다. 대진의 보류가 곧 결정이란 사실을 느낌으로 알았기 때문이다.

"소인의 청을 들어주어서 감사합니다. 천사현의 지현은 제가 잘 아는 사람입니다. 그러니 조선관에 관한 문제는 제가 책임지고 정리하겠습니다."

대진이 고개를 저었다.

"말씀은 고마우나 그래도 맡은 일이니만큼 제가 해결해야지요."

호광용이 벌떡 일어났다.

"이러지 마시고 저와 함께 천사현의 관아를 찾아가십시다. 거기서의 문제는 제가 알아서 풀어 나가겠습니다."

대진에게 나쁘지 않은 권유였다.

"그러면 염치 불고하고 부탁을 드리겠습니다."

대진은 호광용과 천사현의 관아를 방문했다. 미리 기별을 넣은 덕분에 지현은 관아 정문까지 나와 호광용을 기다리고 있었다.

지현이 먼저 인사했다.

"어서 오십시오, 대인."

"그동안 잘 계셨습니까?"

"하하하! 저야 대인의 배려 덕분에 잘 지내고 있습니다."

지현이 두 사람을 관아로 안내했다. 관아의 지현 집무실에 들어서자 호광용이 대진을 소개했다.

"여기 이분은 조선에서 오신 분으로 흠차대신의 명을 받고 오셨습니다."

흠차대신이란 말에 지현의 안색이 변했다.

"흠차대신의 명이라면 무슨 일이신지요?"

대진이 상황을 설명했다. 그러고는 장지동이 직접 작성한 서류를 지현에게 건넸다.

그것을 받아 든 지현은 두말하지 않았다.

"알겠습니다. 허면 위치는 어디로 정하실 것인지요?"

"황포강과 접한 곳으로 서양의 조계지 건너편으로 하겠습니다."

지현이 난색을 보였다.

"아! 그곳에는 민가가 수십 채가 있습니다."

호광용이 나섰다.

"흠차대신의 명에 따르면 민가 이주에도 최선을 다해 도움을 주라고 하지 않았습니까?"

"그렇기는 하지만 가옥을 이주시키는 일이 생각만큼 쉽지가 않아서요."

호광용이 나섰다.

"이주비는 내가 책임지고 넉넉히 부담하리다. 그러니 지현께서는 일 처리만 나서서 해 주십시오."

그러자 지현이 반색했다.

"호 대인께서 이주비를 책임져 주신다면 일은 성사된 거나 다름없습니다."

호광용이 적극 나서면서 일이 일사천리로 진행되었다. 지현은 그 자리에서 지도를 가져와서는 조선관 부지를 도면에 담았다.

그러고는 현장으로 나가 확인했다.

황포강은 공공조계 앞에서 굽이친다.

그런 지형의 영향으로 조선관의 부지는 앞으로 돌출되는 형국이었다. 그런 지형까지 감안해 30만 평의 부지를 획정했다.

지현이 확인했다.

"이렇게 정리해 주면 되겠지요?"

대진은 두 손을 모았다.

"감사합니다. 토지 대금은 시세에 맞게 충분히 지급하겠습니다."

호광용도 거들었다.

"이주비용도 지현 대인이 부끄럽지 않을 만큼 지급하겠습니다. 그러니 기왕이면 빨리 일을 추진했으면 좋겠습니다."

지현도 머뭇거리지 않았다.

"알겠습니다. 그런데 부지 외곽에는 담장을 설치하실 것입니까?"

대진이 설명했다.

"담장은 본국에서 생산되는 철조망으로 설치할 것입니다. 그러니 그 문제는 지현 대인께서 신경 쓰지 않으셔도 됩니다."

"알겠습니다."

지현은 관리들을 불러 지도를 건네며 부지 매입에 관한 지시를 내렸다. 갑작스러운 지시에 지현의 관리들은 어리둥절 놀랐다. 그러나 흠차대신의 명이라는 말에 지현의 관리들은 이내 고개를 숙였다.

대진이 고마워했다.

"지현 대인께서 신경을 써 주셔서 감사합니다."

"아닙니다. 흠차대신의 명은 황명이나 다름없습니다. 그래서 모든 일에 앞서서 처리하는 것이 당연합니다."

"그래도 이렇게 적극적으로 도와주실 줄 몰랐습니다."

그 말에 지현이 크게 웃었다.

9장

지현이 호광용을 보며 대답했다.

"하하하! 솔직히 호 대인이 계셔서 신경을 쓰지 않을 도리가 없습니다. 그러지 않았다면 제가 이렇게 직접 나서지는 않았겠지요."

호광용이 두 손을 모아 쥐었다.

"신경을 써 주셔서 고맙습니다. 오늘의 배려는 절대 잊지 않겠습니다."

지현이 호탕하게 웃었다.

"하하하! 말씀만 들어도 고맙습니다."

대진도 약속했다.

"일일 잘 마무리되면 저도 꼭 인사를 드리지요."

"하하하! 고맙습니다."

이날은 날이 너무 늦어 상해로 돌아오기 어려웠다. 그래서 지현의 배려로 현의 객사에서 하루를 머무르기로 했다.

이날 저녁.

지현이 연회를 베풀어 주었다. 술이 몇 순배 돌아가던 중 호광용이 대진에게 질문했다.

"다른 일도 추진하시는 것이 있습니까?"

"호 대인께서는 혹시 철도에 대해서 아십니까?"

호광용이 알은척을 했다.

"증기로 움직이는 차가 있다는 말은 들었습니다."

대진이 기차에 대해 설명했다.

"……그래서 그 기차를 이번에 북경과 천진을 잇는 노선에 설치할 계획입니다."

그 말에 호광용이 큰 관심을 보였다.

"그러면 우리 청국에 철도가 도입된다는 말씀이군요."

"그렇습니다."

호광용이 제안했다.

"이곳 강남도 북경과 천진에 비견될 만큼 이동이 많습니다. 특히 소주와 항주, 남경, 그리고 이제 막 급격히 발전하고 있는 상해는 성장 잠재력이 엄청납니다. 아마도 그 노선에 철도를 부설한다면 무조건 흑자가 발생할 것입니다."

지현도 적극 동조했다.

"맞습니다. 소주, 항주와 남경은 이전부터 왕래가 빈번했습니다. 더구나 상해는 요즘 들어 급격히 발전하고 있는 상황이고요. 이 지역을 철도로 연결한다면 이용 승객이나 화물이 폭발적으로 많을 것입니다."

"음!"

호광용이 바짝 다가섰다.

"대인, 그 노선의 철도부설 작업을 추진해 보시지 않겠습니까?"

대진이 난색을 보였다.

"안타깝지만 강남의 철도부설은 제가 나설 사안이 아닌 것 같습니다."

"하지만 시공 기술을 보유하고 있지 않습니까?"

"그렇기는 합니다. 그러나 청국의 일을 제가 어떻게 왈가왈부할 수 있겠습니까?"

호광용이 잠깐 고심했다.

"북경과 천진 노선이 추진되는 것은 확실합니까?"

"조선에 왔던 흠차대신이 군기대신인 장지동 대인입니다. 그분이 황제에게 윤허를 받아 내겠다고 장담했습니다."

"그러면 추진될 가능성이 높겠군요."

"저도 그렇게 생각합니다."

호광용이 제안을 했다.

"그러면 제가 강남철도를 추진하면 대인께서는 같은 조건으로 합작하시겠습니까?"

대진으로서는 거부할 이유가 없었다.

"황금 노선을 부설하시겠다는데 참여하지 않을 이유가 없지요."

"황금 노선이라고요?"

"방금 호 대인과 지현 대인이 무조건 수익이 나는 노선이라고 하지 않았습니까? 그렇게 수익이 보장되는 노선이라면 황금 노선이란 말을 써도 되지 않겠습니까?"

호광용이 호탕하게 웃었다.

"하하하! 맞습니다! 황금 노선이고말고요!"

지현이 한 번 더 강조했다.

"네 도시를 모두 연결하면 1,000여 리가 됩니다. 그런 노선에 철도를 부설한다면 무조건 성공할 수밖에 없습니다."

"그렇습니까?"

지현이 설명했다.

"예, 예로부터 소주와 항주는 강남 상권의 중심지였습니다. 더구나 남경은 강남의 수도나 마찬가지인 도시고요. 그리고 상해는 새롭게 부상하는 상업 중심지입니다. 이런 네 도시를 연결하는 노선이라면 대인의 말씀대로 황금 노선이라 불려도 하등 이상하지 않습니다."

이 말을 들은 대진도 당연히 관심을 가질 수밖에 없었다. 그러나 반드시 짚고 넘어가야 할 문제가 있었다.

"철도는 국가기간산업입니다. 그런 철도를 부설하기 위해서는 조정과 긴밀한 관계가 있어야 할 터인데, 가능하겠습니까?"

호광용이 장담했다.

"명색이 제가 홍정상인입니다. 조정의 허가를 받기 위해서는 서태후 폐하를 움직여야 합니다. 다행히 저는 태후 폐하를 지근에서 모시는 태감을 잘 알고 있습니다. 그 사람을 설득하면 태후의 윤허를 받는 것은 어렵지 않을 것입니다."

지현이 바로 알아챘다.

"이연영(李蓮英) 태감을 말씀하시는 거로군요."

호광용이 놀랐다.

"호오! 지현께서 이 태감을 잘 아십니까?"

"제가 잘 아는 것보다 워낙 태후께서 이 태감을 총애하지 않습니까? 그래서 짐로 알게 되었지요."

"맞습니다. 태후께서 다른 사람은 믿지 않아도 이 태감은 믿지요."

"예. 이 태감이라면 태후 폐하를 분명 설득할 수 있을 것입니다."

호광용이 대진을 바라봤다.

"제가 움직이면 이 태감뿐만 아니라 조정의 대신 몇 분도 저를 도와주실 겁니다. 그러니 허가 문제는 걱정하지 않아도 됩니다."

대진도 두말하지 않았다.

"그렇다면 저도 다른 말을 드릴 이유가 없지요."

지현이 호탕하게 웃었다.

"하하하! 이렇게 기분 좋은 날 술이 빠지면 안 되지요. 자!
모두 잔을 비우시지요."

호광용도 잔을 들었다.

"생각지도 않게 새로운 인연을 맺게 되었습니다. 앞으로
도 늘 좋은 일만 생기기를 바랍니다."

대진도 화답했다.

"매일이 늘 오늘 같기를 기원합니다."

세 사람이 동시에 잔을 비웠다.

대진은 한동안 부지 매입에 매달렸다.

지현도 나서고 호광용도 나선 덕분에 부지 매입은 순식간
에 진행되었다. 매입할 부지의 상당 부분이 국유지여서 부지
매입은 자금도 많이 들지 않았다.

대진이 상해에 머무는 동안 호광용과 수차례 만났다. 그러
면서 강남철도라 이름 지어진 철도부설에 대한 합작 계약도
작성했다.

호광용은 발 빠르게 움직였다.

대진과의 계약이 완료되자마자 호광용은 직접 북경으로
올라갔다. 그리고 며칠을 기다렸다가 태감 이연영을 자금성
밖에서 만났다.

"호 대인이 북경까지 어인 행차시오."

"이 대인께 부탁드릴 일이 있어 찾아뵈었습니다."

호광용을 도와주게 되면 언제나 많은 뒷돈이 생긴다. 그래서 이영연도 적극적으로 나왔다.

"내가 도와드릴 일이 있습니까?"

"예, 혹시 태감께서는 북경과 천진 간의 철도부설에 관한 일을 알고 계십니까?"

"물론이지요. 군기대신인 장지동 대인이 추진하는 일 아닙니까?"

"어떻게, 일은 잘 추진되어 가고 있습니까?"

"장 대인이 투자자를 거의 다 모집했다고 알고 있습니다."

"태후 폐하께서는 윤허해 주실 것 같습니까?"

이영연이 고개를 끄덕였다.

"국가 예산을 투입하지 않고 철도를 부설하는 일입니다. 그래서 태후 폐하께서도 긍정적으로 생각하고 계시지요."

"허면 다른 지역에서 민간사업으로 철도를 부설해도 윤허해 주실까요?"

이영연의 눈이 빛났다.

"혹시 호 대인께서도 철도부설에 관심이 많습니까?"

"그렇습니다. 이번에 상해에 온 조선인이 장지동 대인과 철도 합작을 계약했던 사람입니다. 그래서 그와 만나 철도부설에 대한 합작을 협의했지요."

호광용이 대진과의 만남을 설명했다. 그 설명을 들은 이연영의 눈이 처음보다 더 빛났다.

"그러면 나에게 태후 폐하께 강남철도에 대한 재가도 받아 달라는 말씀이시오?"

호광용이 고개를 저었다.

"아니요. 내가 좌종당 대인을 통해 양강총독이며 남양대신인 심보정(沈葆楨) 대인에게 강남철도에 대한 당위성과 사업계획서를 제출하도록 만들겠소이다. 그러니 이 대인께서는 그 계획서를 태후 폐하께서 윤허해 주도록 힘써 주시오."

"아! 그렇지요. 호 대인이 좌종당 대인과 막역한 사이지요?"

"그렇습니다. 좌 대인도 분명 내 계획에 반대하지는 않으실 겁니다."

이연영이 바로 동조했다.

"좋습니다. 그런 계획서가 올라온다면 폐하께서 윤허하실 수 있도록 최선을 다해 드리지요."

"감사합니다."

이연영의 동의를 받은 호광용은 다음 절차로 들어갔다. 그는 곧바로 감숙성(甘肅省)의 성도인 난주(蘭州)를 찾았다.

그리고 섬감총독인 좌종당을 만나 사정을 설명했다. 호광용과 좌종당의 인연은 20년 가까이 되었다. 그랬기에 호광용의 제안을 좌종당은 그 자리에서 들어 주었다.

좌종당은 측근을 시켜 호광용과 함께 남경의 심보정을 찾아가게 했다. 강남철도가 부설되면 남경도 발전하게 되므로 심보정도 호광용의 제안을 적극 찬동했다.

그렇게 두 사람 총독의 지지를 받아 낸 호광용은 사업제안서를 제출했다. 심보정은 호광용이 자체 자금으로 철도를 부설하겠다는 제안을 담은 제안서를 자신의 의견을 붙여 북경에 올렸다.

이 제안서에 북경은 술렁였다.

청국의 군권을 장악하고 있는 사람은 이홍장, 좌종당, 그리고 심보정이다. 이들 중 이홍장은 해군을 중시하며, 좌종당은 육군을 중시한다. 그리고 남양제독 심보정은 중립으로 남양해군을 거느리고 있었다.

북경천진철도를 추진하고 있는 장지동은 이홍장과 가까웠다. 반면 호광용은 좌종당과 가까웠으며 중립인 심보정은 강남철노에 도움을 주고 있다.

청나라 군권을 장악하고 있는 세 사람이 묘하게 철도부설로 얽히고설킨 것이다.

서태후도 3명의 관계를 모르지 않았다. 정치적으로 노련한 서태후는 지금까지 세 사람의 관계를 적절히 이용해 가면서 정치를 펼쳐 오고 있었다.

서태후가 고개를 저었다.

"묘한 일이구나. 어떻게 우리 청나라의 군권을 쥐고 있는 세 사람이 철도 문제로 이렇게 얽힐 수가 있단 말인가?"

이연영이 조심스럽게 의견을 냈다.

"실질적으로 얽힌 것은 없지 않사옵니까?"

"그렇기는 하다. 네가 보기에 문제는 없을 것 같으냐?"

이연영이 급히 몸을 숙였다.

"천한 환관이 어찌 국사를 입에 올리겠사옵니까? 천부당 만부당이옵니다."

청국은 명나라가 환관 때문에 망한 사실을 너무도 잘 알고 있었다. 그런 청국은 자금성을 장악하자마자 정치적인 환관들을 모조리 주살해 버렸다.

그러고는 철비(鐵碑)를 세워 환관이 정치를 입에 올리면 혀를 잘라 버린다고 경고했다. 이 비석이 생긴 이후, 명나라 시절 그렇게 들끓던 환관의 발호가 딱 끊겨 버렸다.

서태후가 웃었다.

"호호호! 연영아."

"예, 태후 폐하."

"내가 묻는 질문에는 대답해도 괜찮다. 그리고 너는 나에게 언제라도 사심 없는 충언을 해 오지 않았느냐? 그러니 아무 걱정 말고 네 생각을 말해 봐라."

이연영이 조심스럽게 의견을 냈다.

"폐하께서 하문하시니 어리석은 천신이 말씀을 올리겠습니다."

"오냐, 어서 말을 해 보아라."

이연영이 조심스럽게 입을 열었다.

"이번에 윤허해 주시게 될 북경과 천진 노선은 북양대신과 가까운 장지동 대인이 추진하는 일입니다. 그리고 강남의 철도노선은 좌종당 대인과 가까운 홍정상인 호광용 대인이 추진하는 일이옵니다. 대저 세상의 이치는 음양이 조화로워야 한다고 했습니다. 우리 청국도 모든 일을 그리하면 상하가 조화로워지지 않겠사옵니까?"

"흠! 네 말은 강남의 일도 윤허해 주어서 힘의 균형을 이루라는 거로구나."

이연영이 몸을 굽혔다.

"북양대신과 남양대신은 각각 우리 대청의 남북을 관장하고 있사옵니다. 여기에 좌종당 대인은 신장을 비롯한 내륙의 군권을 관장하면서 마치 3개의 다리가 정립된 형국입니다. 이런 상황에서 어느 한쪽만 힘을 실어 준 필요가 있겠사옵니까?"

서태후가 크게 고개를 끄덕였다.

"네 말이 맞다. 기왕 일을 추진할 거라면 균형을 맞추는 것이 좋겠지."

"예, 그래야 모두가 폐하께 더욱 충성을 바칠 것이옵니다."

서태후는 몇 번이고 고개를 끄덕였다. 이연영은 환관답게 서태후가 듣고 싶은 말만 해 주었다.

"흐흠!"

그녀는 철도 합작을 허락해 주면서 얻게 될 사람들의 충성심을 요모조모 따졌다. 이렇듯 서태후는 철도사업을 추진하면서도 정치적 이해관계를 먼저 생각하고 있었다.

그리고 잠시 후, 서태후는 결정을 내렸다.

서태후가 지시했다.

"두 철도노선의 합작 사업을 윤허한다."

이연영이 두 손을 모았다.

"현명한 결정이십니다."

서태후의 지시가 이어졌다.

"사업은 내무부가 관장하며 사업을 영위하면서 발생하는 세금 또한 내무부가 관리하게 하라."

"예, 폐하."

청국의 내무부는 황실 직할 부서다.

그래서 내무부에서 거둬들이는 세수는 전부 황실이, 서태후가 관장할 수 있다. 서태후는 이렇듯 철도사업에 대한 세수도 자신의 치마 속으로 집어넣어 버렸다.

서태후의 재가는 이연영을 통해 호광용에게 알려졌다. 호광용은 그에게 많은 뇌물을 바치면서 재가가 난 것을 자축했다.

대진은 이때까지 상해에 머무르고 있었다. 그래서 호광용이 가져온 소식을 함께 기뻐할 수 있었다.

"축하드립니다, 대인."

호광용이 진심으로 기뻐했다.

"아닙니다, 대인이 아니었다면 이번 일은 생각조차 못 할 일이었습니다."

"그건 그렇고 공사대금은 차질 없이 준비할 수 있겠습니까?"

호광용이 장담했다.

"그 부분은 조금도 걱정하지 마십시오. 그리고 공사에 필요한 인부들은 사방에 널린 쿨리들을 동원하면 됩니다. 그래서 실질 공사비는 의외로 적게 들어갈 것입니다."

"알겠습니다. 돌아가는 대로 측량기사를 포함해 필요한 인원을 즉시 파견하겠습니다. 그들이 오게 되면 숙식 문제는 신경을 써 주시기 바랍니다."

"그 부분도 염려하지 마십시오. 그건 그렇고 조선관 부지 매입은 잘되어 가고 있습니까?"

"예, 지현 대인의 도움으로 아주 순조롭게 일이 진행되고 있습니다. 아마도 이달 중에는 완료될 수 있을 것입니다."

"다행이군요. 혹시 도움이 필요하시면 언제라도 저를 찾아 주십시오."

"알겠습니다."

대진은 한동안 상해에 머물렀다.

철도 합작에 대한 세부 의견을 협의하고 조선관 부지 매입을 끝내기 위해서였다. 이러는 동안 대한무역의 송도영이 본국에서 철도부설에 필요한 측량기사와 인력을 데리고 왔다.

모든 협상을 마치고 대진이 기술자를 호광용에게 인계했다. 호광용은 기술자들의 안전을 위해 용병까지 고용하며 특별 보호를 해 주었다.

　대진은 기술자들이 철도부설을 본격적으로 시작하는 것을 보며 상해를 떠났다. 그리고 다음 행선지인 류큐로 넘어갔다. 류큐에서는 도지사이며 류큐여단장인 강용일 대령이 대진을 환대했다.

　"어서 오시게."

　"오랜만에 뵙습니다. 그동안 잘 지내셨는지요?"

　"나야 잘 지내고 있지."

　"오면서 보니 항구에 영국 선적의 상선이 들어와 있습니다. 영국 상선이 자주 들어옵니까?"

　"자주는 아니지만 간혹 들어올 때가 있어."

　"서양 선원들이 상당히 난폭할 텐데요. 선원들이 혹여 문제를 일으키지는 않습니까?"

　강용일이 고개를 저었다.

　"유구도가 군정 지역인 것을 알아서 그런지 특별히 문제를 일으키지는 않아."

　"다행이네요."

　"그런데 이곳까지는 어인 일인가?"

　"주상 전하께서 궁금해하셔서요. 그래서 어명을 받고 어떻게 지내시는지 알아보려고 왔습니다."

　강용일이 농담을 했다.

"어이쿠, 그러면 어명을 받고 오신 어사네?"

"하하! 따지고 보면 어사가 맞기는 합니다."

"음! 그러면 간략히 상황 보고를 해 주는 게 맞겠구나. 잠시 기다려 봐."

강용일이 나갔다가 참모장과 들어왔다.

그리고 그동안의 경과를 나름 상세히 설명해 주었다. 대진은 보고 내용을 적어 나가다가 왕궁이 거론되자 질문했다.

"왕궁은 어떻게 처리하시려고요?"

"아무래도 이전 왕실에 대한 미련이 아직은 많이 남아 있어. 그래서 그런 그림자를 지우기 위해 내년 초부터 전면 개방하려고 해."

대진이 바로 알아들었다.

"관광지로 만들겠다는 말씀이군요."

"그렇지. 이제는 류큐가 우리 강역이 되었으니 과거 왕실의 존재는 빨리 없애는 게 좋잖아. 그런 잔재를 없애려면 관광지로 만드는 것이 최적이야."

대진도 동의했다.

"맞는 말씀입니다. 류큐 왕실에 대한 환상을 없애기 위해서는 개방하는 것이 가장 좋은 방법이기는 합니다."

"그래, 그리고 이곳 식명원도 적당한 때를 봐서 공원으로 전면 개방을 하려고 해."

"도지사 관사로는 여기가 좋지 않습니까?"

강용일이 고개를 저었다.

"아무래도 왕궁이 부담스러워. 그리고 나중에라도 문제가 될 소지는 처음부터 없애는 것이 좋아."

"그렇기는 합니다. 그러면 관사는 어디에 만드시려고요?"

"관사는 여단사령부의 뒤에다 만들면 돼."

"아! 부대 내에 만드시려고요?"

"그래, 그렇게 하면 경비 병력을 별도로 배치하지 않아도 되잖아."

"수군에서 대양함대를 창설할 모양이던데요. 그러면 이곳 류큐에다 모항을 건설하지 않겠습니까?"

"나도 그 말은 들었는데, 아마도 함대가 창설되면 그럴 공산이 크겠지."

"주민들의 호응도는 어떻습니까?"

강용일이 웃었다.

"의외로 좋아."

"우리가 외인인데도 그렇다면 도지사님이 선정을 베풀어서 그런가 봅니다."

강용일이 고개를 저었다.

"선정이라고 할 것도 없어. 그냥 주민들이 고통을 느끼지 않을 정도로 배려해 주는 것뿐이야. 그리고 일본이 벌여 온 악행이 우리에게 은연중에 도움을 주는 형국이지."

"아마미오에서도 그렇지만 이곳도 착취가 많이 심했나 봅니다."

"일본의 다이묘들은 주민들을 거의 노예처럼 부려 왔잖
아. 그런 전통이 여기라고 다를 리가 있겠어? 속령이었으니
오히려 더했겠지."

"하긴, 더하면 더하지 덜하지는 않았겠지요."

"그래. 주민들의 말을 들어 보니 소출을 긁어모아서는 죽
지 않을 만큼만 배급했다고 하더라고."

"하여튼 대단한 자들입니다."

"어떻게, 섬을 둘러보겠어?"

"예, 온 김에 대강은 둘러보겠습니다."

"좋아. 내일부터 병력을 붙여 주겠네."

"감사합니다."

대진은 류큐에서 열흘 정도를 머물렀다. 그렇게 류큐의 상
황을 속속들이 확인하고는 본국으로 귀환했다.

귀환한 대진은 큰 환영을 받았다.

국왕이 크게 기뻐했다.

"하하하! 이 특보는 밖에 나가기만 하면 큰일을 하나씩 해
가지고 오네요."

대진이 겸손했다.

"이번 일은 전적으로 호광용 대인이 자청하면서 결정되었
습니다."

"그래도 우리 예산을 한 푼도 쓰지 않고 절반의 지분을 받았습니다. 이런 성과는 이 특보의 협상력이 아니면 어려운 일이지요."

국왕의 칭찬에 대진이 몸을 숙였다.

"좋게 봐주셔서 감사합니다."

대원군이 나섰다.

"두 노선을 동시에 부설해도 문제가 없겠나?"

"전혀 없습니다. 제철소도 조강 능력이 초기보다 몇 배나 늘어났고 증기기관차도 이제는 자체 생산이 가능한 상황입니다."

"오! 그러면 기관차를 수입하지 않아도 된다는 말이구나."

"그렇습니다. 아울러 경유기관도 곧 개발을 완료할 예정입니다. 그래서 몇 년 내로 경유를 사용하는 내연기관차 시승을 하실 수가 있을 것입니다."

국왕이 기대감을 숨기지 않았다.

"어떻게 만들어질지 기대되네요. 그렇지 않아도 외국 공사들이 과인의 어차에 그렇게 관심이 많다고 들었습니다."

대진이 기술 상황을 설명했다.

"아마도 내년부터는 많지는 않지만 자동차를 생산할 수 있을 것입니다."

대원군이 나섰다.

"그렇지 않아도 내년부터는 소형 자동차를 생산하기 시작한다는 보고는 받았다."

국왕이 웃었다.

"하하하! 말씀만 들어도 마음이 넉넉해지는 기분입니다. 자동차가 생산된다면 세계에서 첫 번째가 되지 않겠습니까?"

"그렇습니다. 새로 생산되는 자동차는 어차와 달리 전기 장치가 없습니다. 그래서 수동으로 기관을 구동시키고 전조등이 없는 아쉬움은 있습니다. 하지만 세계 최초의 자동차인 것만은 분명한 사실입니다."

"그것만 해도 어디입니까? 며칠 전에 영국공사가 찾아와 언제 자동차가 생산되느냐고 묻기까지 했을 정도로 관심이 많더군요."

"그렇지 않아도 내년의 대업 때문에 영국공사를 만나 보려고 합니다."

국왕이 바로 정색했다.

"영국과 논의할 사항이라도 있습니까?"

"누가 뭐라고 해도 영국은 지금 시대의 최강대국입니다. 그에 맞서는 나라는 프랑스와 러시아 정도인데 아직은 영국에 미치지 못하고요. 그래서 그런 영국에 대업에 관한 양해를 미리 구해 두려고 합니다."

대원군이 이마를 찌푸렸다.

"고토 수복은 본국의 오랜 숙원이네. 그런 일까지 영국에 알려야 할 필요가 있을까?"

"지금 같은 시대에는 독불장군은 살아남기가 어렵습니다. 가장 비근한 선례가 청국이고요. 그래서 일본과의 전쟁을 치르기 전에도 미리 각국 공사를 만난 적이 있습니다. 그 바람에 삼국 중재를 할 때 모두 중립을 지켰던 것입니다."

"이 특보는 조일전쟁과 같은 경우가 생겨날 수 있다고 생각하는가?"

"당연합니다. 청국은 많은 서양 제국이 진출해 있는 상황입니다. 그런 서양 제국은 우리 조선이 청국에서 큰 이권을 쟁취하는 것을 결코 바라지 않습니다. 만주가 우리의 고토이기는 하나 서양 제국에는 그 또한 이권입니다."

대진의 말을 듣던 국왕이 나섰다.

"그래서 미리 영국과 입을 맞춰 두려는 거로군요."

"그렇습니다."

"그런데 만주도 이권으로 생각한다면 우리 진출을 그냥 인정해 줄 리는 만무하지 않겠습니까?"

"그래서 중재의 조건으로 그들에게 필요한 이권을 조언해 주려고 합니다."

"오! 좋은 방안이 있나 보군요."

"예, 어떻게 보면 지금의 영국으로선 가장 바라는 바일 수도 있습니다."

이렇게 입을 연 대진은 자신의 생각을 밝혔다. 설명을 들은 국왕이 고개를 갸웃했다.

"그 정도로 영국이 납득을 할까요?"

"영국은 인도 경영에 온 국력을 기울이고 있는 상황입니다. 그래서 청국에서 더 이상의 영토를 쟁취하는 것을 별로 바라지 않는 상황이고요. 그런 상황을 잘 이용한다면 영국의 지지를 어렵지 않게 얻어 낼 수 있을 것입니다."

대진의 말을 들은 국왕은 윤허했다.

"좋습니다. 한번 추진해 보세요."

"황감합니다."

대궐을 나온 대진은 집에서 며칠 푹 쉬었다. 그렇게 여독을 푼 뒤 영국공사관을 찾았다.

영국공사 해리 파크스가 환대했다.

"어서 오시오, 이 특보. 요즘 뭐가 그리 바쁘게 돌아다니는 겁니까?"

"주상 전하의 명을 수행하려다 보니 몇 곳을 둘러보고 돌아왔습니다."

"이번에 청국의 두 곳에 철도를 부설하기로 계약을 체결했다고요?"

"예, 다행히 청국에서 먼저 제안해 준 덕에 의외로 쉽게 계약을 체결할 수 있었습니다."

해리 파크스가 아쉬워했다.

"철도는 우리 영국이 원조인데 청국 진출은 조선이 먼저 하였네요."

"아무래도 우리와 협상하는 것이 좋아서 그랬을 겁니다.

솔직히 청국으로선 영국이 부담스럽지 않겠습니까?"

해리 파크스가 입맛을 다셨다.

"그건 어쩔 수 없는 일이지요. 그런데 오늘은 무슨 일로 우리 공사관을 찾아온 것입니까?"

대진이 정색을 했다.

"내년에 있을 국가 대사에 대해 공사님과 의견을 나누기 위해 방문했습니다."

그 말에 해리 파크스도 정색했다.

"내년은 무슨 큰일이라도 있는 것입니까?"

이러던 공사의 안색이 굳어졌다.

"혹시 전쟁이라도 벌이는 것입니까?"

대진은 부인하지 않았다.

"그렇습니다. 공사님께서는 만주가 본래는 우리 조선의 고토란 사실을 알고 계십니까?"

해리 파크스의 눈이 커졌다.

"그래요?"

"예, 우리 조선은 본래 만주에서 발원한 나라입니다. 그러다 국력이 약해지면서 이곳 반도로 밀려 내려오게 된 것이지요."

그렇게 입을 연 대진은 조선의 역사에 대해 설명했다.

다음 권으로 이어집니다